Astrid Eldflug

Hinter mir nur Regen

Roman

1. Auflage 2005
ISBN 3-8334-3653-0
Herstellung und Verlag: Books on Demand GmbH, Norderstedt

Für Schnubi

❶

Hallo“, sage ich erstaunt, „was führt dich denn hierher?“
„Schön dich zu sehen.“
Sie freut sich. Geht neben mir und lächelt mich an. Wie mein Schatten. Sie ist blass, ihre Haare stehen seitlich unter ihrer Haube hervor. Sie sind noch immer so struppig, wie ich sie in Erinnerung habe.
„Ich geh auch in die Vorlesung beim Berger“, erklärt sie ihr plötzliches Auftauchen.
Wir haben uns ein halbes Jahr nicht gesehen, deswegen bin ich ein bisschen erstaunt, dass sie plötzlich neben mir geht. Fast habe ich vergessen, wie sich ihre Anwesenheit anfühlt, denn dieses Gefühl ist auch ein körperliches.
Gemeinsam sind wir dann wieder auf der Straße. Der Lärm um uns macht ein normales Gespräch unmöglich und beim Reden kommt sie meinem Ohr immer näher.
Ich fühle einen warmen Lufthauch, nicht nur am Ohr, auch auf der Wange, als sie mir erzählt, was im letzten halben Jahr vorgefallen ist. Ich kann mich nicht auf ihre Worte konzentrieren, sauge nur ihren Geruch ein, der mich bald packen will und zu ihr ziehen. Oder mich in die Luft davontragen. Ich sage nichts, lausche nur dem leisen Atem an meinem Ohr, dem Hauchen, ihrer Stimme. Manchmal berührt mich ihre Wange. Manchmal, da denke ich, ich kann’s nicht mehr ertragen. So weich sind ihre Lippen, wenn sie beim Reden mein Ohrläppchen streifen. So weich ihr Gesicht, das nun – was passiert denn nun? Ich hab mich längst ihr zugewandt, mein Ohr an ihren Lippen durch einen Blick ersetzt. Denn nun schau ich sie direkt an, es scheint schon kein Blick mehr zu sein, denn unsere Gesichter berühren sich bereits.
Harmlos ist das alles noch. Doch die Gefahr schon spürbar und greifbar nahe. Und sie redet nun mit meiner Wange, sagt nichts, berührt sie nur mit ihrem Mund. Ich bin erschöpft,

kann nicht widerstehen, kann nicht einmal klar denken. Was nun geschieht, da hab ich keinen Einfluss drauf. Ihr Mund auf meinem, hier bin nur noch ich – und sie… und dieses Gefühl. Wie könnte man's beschreiben? Noch spüre ich ihre Lippen nicht auf meinen, ich ahne nur, kann ihre Haut schon riechen. Ein Zittern, bin das ich?
Wie aufgeregt in diesem wichtigen Moment. Ein Lufthauch, ein ganz kleines Stück. Legst du, leg ich den kleinen Weg zurück? Dann sind wir eins, ich reiße sie an mich und packe ihren Mund mit meinen Lippen. Zwing sie, ganz dicht bei mir zu stehen. Hab meine Augen zu, mein Mund ist offen und schon kann ich den Geruch auch schmecken. Hab ich nicht lang genug auf diesen Augenblick gewartet? Wir küssen uns so wild und schnell, hab Angst, der Kuss könnte enden, bevor ich dazu bereit bin. Lass sie nicht los, ich halt sie fester. Dann schreck ich hoch und bin allein.

Ein Traum.

Ich bin so verwirrt darüber, was ich soeben erlebt habe. Es war doch so real. Doch jetzt kommt es mir monatelang vergangen vor. Bin ich nicht eben erst aufgewacht? Wie kann man so etwas träumen? Ich schäme mich ein wenig für meine Dummheit. Doch Scham bleibt Scham und dumm ist, wer sich dafür schämt. Immerhin hab ich mich noch nie von einem Traum derart mitreißen lassen. Ich bin keine von diesen Esoterikerinnen, die nächtelang mit ihren Büchern in einem düsteren Zimmer sitzen und bei Kerzenlicht lesen.
Nicht einmal Räucherstäbchenduft trübt den Geruch nach abgestandener Luft in meinem Zimmer. Kein Buch über Traumdeutung steht auf dem Regal über mir. Wer sollte diesen Traum schon deuten? Überhaupt steht dort kein einziges Buch. Seit ich in Wien bin, habe ich keine Seite außer der Uni-Pflichtlektüre gelesen. Fast denke ich schon mit Hass ans Lesen.
Ich stehe auf, geh ans Fenster und lasse meinen Blick über die Stadt schweifen. Mein Zimmer ist im neunten Stock und

bei dieser nächtlichen Finsternis erscheint die Stadt wie ein Lichterhafen. Die Harfen der nächtlichen Geräuschkulissen haben außer Autolärm nichts zu bieten.
Es ist wirklich beeindruckend, wie weit ich von meinem kleinen Fenster aus sehen kann. Dort drüben ist das Riesenrad, das von hier so winzig klein erscheint. Der Donaukanal, ob dort noch Leute unterwegs sind? Ich öffne das Fenster und stelle mich davor. Atme die schwere, kalte Luft ein. Zu dieser Zeit hat der Frühling keinen Einfluss auf die Außentemperatur. Es ist zu früh, als dass die Frühlingsboten ihre Kräfte bis ins nächtliche Himmelsgewölbe wirken lassen könnten.
Ich muss mich auf die Zehenspitzen stellen, damit mein Blick den Boden erreichen kann, so hoch haben sie das Fenster gebaut. Das soll vor Selbstmord schützen. Ich weiß, wie lächerlich das klingt. Als ob einen ein hoch gebautes Fenster von einem derartigen Vorhaben abhalten könnte. Mir fallen tausend unmögliche Gründe ein, warum ein Selbstmord möglich wäre, gleichzeitig keiner, warum ich diese Gründe zu nennen vermag. Hab keine Lust, dass andere mich auf einem Zeitungstitelblatt sehen. Deswegen bleibt der Schritt zum Fenster und über dieses hinaus dem dunklen, ungewissen Himmel entgegen ungetan. Ein Schritt zurück und ein Gedanke. Soll ich mich wieder ins Bett legen?
Ich fühle mich so wach, als hätte ich vierundzwanzig Stunden geschlafen. Oder noch länger. Fast kommt's mir so vor, als wäre ich mein Leben lang nie wach gewesen. Doch nun grünt und sprießt und wächst es draußen. Der Winter ist vertrieben. Und somit auch der Winterschlaf, der scheinbar endlos lang gedauert hat. Der Winter ist an mir wie eine Schwalbe vorbeigezogen, ich habe ihn ignoriert, so gut es ging. Mich vor ihm geschützt mit Schal und Jacke und dicker Haube. Hab mich auch selbst unter diesen Gewandschichten versteckt. Ob ich nun bereit bin, mich wieder an der Erdoberfläche zu zeigen und darunter meine Wurzeln zu schlagen, kann ich im Moment nicht sagen. Weiß nicht, ob

ich Lust habe, meine Blüten zu zeigen. Noch wär's dazu auch zu früh.
Ich bin mir sicher, dass ich nicht mehr schlafen kann, warum dann die letzten Stunden vor dem Morgengrauen im Bett verbringen, wenn dort niemand ist? Mit diesem Gedanken lass ich meine Jeans die Boxershorts verhüllen, einen Pullover das weite, schlafgetränkte T-Shirt.
Ich will mich nicht zu warm anziehen, vielleicht will ich ein Stück laufen. Vielleicht werde ich auch überfallen, was mich zum Laufen zwingt. Dann kann es nur von Vorteil sein, wenn keine störende Hitzeschicht die Geschwindigkeit bremst.

Als ich zurückkomme, sitzt schon der Morgen in meinem Zimmer, als hätte er nur auf mich gewartet. Keiner erwartet nun mehr von mir, dass ich mich trotz fehlender Müdigkeit noch einmal ins Bett lege und die ersten Sonnenstrahlen verschlafe.
Es wird ein schöner Tag, das sieht man bereits an dem hellblauen Himmel, der langsam an Farbintensität gewinnt. Bald wird er ein dunkles Blau erreicht haben, auf dem vom Wind zerrissene Wolkenfetzen ziellos herumirren.
Während mir diese Gedanken durch den Kopf schwirren, packe ich meinen Zeichenblock und versuche diese Stimmung aufs Papier zu bringen. Eigentlich habe ich schon länger nicht mehr gezeichnet, obwohl es noch vor einem halben Jahr mein Wunsch war, ununterbrochen und sogar des Studiums wegen zu zeichnen. Jetzt liegt der große Block wie hingefallen auf meinen Knien und auch der Stift findet keinen Weg aufs Papier. Stattdessen verharrt er in der Luft, schwingt Kreise und wartet, dass jemand ihn in seinen Zielhafen bringt. Die Fähigkeit des Kapitäns hab ich heute verloren oder habe sie noch nie gehabt
Am liebsten zeichne ich Gesichter. Diese ganz persönlichen Linien, mal fein, mal grob, mal kaum zu sehen, mal so stark ausgeprägt, dass mein Stift sie schwarz am Papier hinterlässt, beeindrucken mich aufs Äußerste. Wie, frage ich mich oft,

kann jeder Mensch so anders sein? Wie alle so verschieden? Wär's nicht rein mathematisch gesehen so, dass sich irgendwann nach unvorstellbar langer Zeit ein Gesicht und somit ein Mensch wiederholt?
Doch dann denk ich daran, wie viele Faktoren und Gene einen Einfluss auf das Aussehen der Menschen haben und verwerfe meine zweifelnden Gedanken. Der Zweifel sei den Philosophen vorbehalten, ich aber kann nicht einmal an etwas glauben.

❷

Ich sitze in einem Kreis um mich selbst. Höre mir aufmerksam zu, wie ich erzähle, wie ich beschreibe, was sich in mir seit Monaten anzubahnen scheint. Keines meiner Augen bleibt trocken, die Tränen schießen geradezu hervor, als ob ich jahrelang in einer Wüste gelebt hätte, in der ich das kostbare Wasser nicht zum Weinen verschwenden wollte. Dieses Gefühl in mir ist so stark, es drängt danach, freigelassen zu werden. Ich werde es von seiner schweren Kette befreien müssen. Ein Monster schien es mir noch gestern zu sein, das gebändigt werden muss, um mir Sicherheit zu gewähren. Ob mir dieses Gefühl ein Freund sein kann, ob es mir sympathisch ist, das würde ich gern wissen. Eigentlich kenne ich es noch zu wenig, um es schon aus seiner Gefangenschaft zu entlassen.

Das Gefühl hat sich nicht vorgestellt, es hat mir von seiner Anwesenheit nichts berichtet. Es hat sich nicht angekündigt, es hat nicht nach einer Aufenthaltsgenehmigung gefragt, schon gar nicht nach dem Recht, in mir zu wohnen und dort zum Monster zu werden, das mich Nacht für Nacht erschreckt und Wünsche in mir weckt, die immer wieder neu sind.

Wie aufgeregt ich bin. Im Bad herrscht großes Chaos. Es ist der winzigste Raum, den ich jemals gesehen habe und so frage ich mich, ob man ihn überhaupt als Raum bezeichnen kann. In ihn ist so viel hineingestopft, dass es bei der Tür wieder herausquillt. Ob der Raum die Gegenstände nicht haben will, bleibt Ansichtssache.

Auf einem Quadratmeter Fläche befinden sich Dusche, WC, ein Waschbecken und zwei Handtuchhalter.

Diesen Dingen wurde ihr Platz zugewiesen und um ein Hinauseilen zu vermeiden, wurden sie verschraubt, festgeklebt und dort für immer festgemacht. Was bei der Tür

hinausquillt, bin im Moment ich, denn ohne auf die klaustrophobischen Gefühle der Einrichtung zu achten, sollen sich zusätzlich noch zwei Personen in dem Raum aufhalten können. Tür zu, Schlüssel drehen und den Raum einfrieren. So wäre alles optimal verstaut. Kein Platz, um sich zu bewegen und auch keine Lust dazu.
In meinem Zimmer ziehe ich mich langsam aus. Die kühle Luft, die beim Fenster hereinströmt, kühlt auch meinen Körper. Der kann sich nicht entziehen, sondern wird zu einer solchen Begegnung gezwungen. Dann bin ich wieder im Bad, nun nackt und warte, bis das Wasser über mich hinwegfließt. Heiß prickelnd hinterlässt dieser Wasserfall seine Spuren auf meiner Haut. Sie glüht und reckt sich den heißen Tropfen entgegen, um noch mehr zum Glühen gebracht zu werden. Ich liebe es, heiß zu duschen. All die Aufregung und Vorfreude auf heute Abend durchrinnen mich auf einmal, als der Wasserstrahl meinen Bauch berührt und meine Beine. Und nicht mal eine Sekunde lang herrscht Zweifel, wo ich heute Abend hinwill. Das will ich und dort werd ich bleiben, bis die Nacht mich nicht mehr halten kann und wieder ausspuckt.
Der Wasserstrahl so unwiderstehlich prickelnd, dass meine Hände nicht dort bleiben können, wo sie waren. Sind es nun meine oder deine oder ihre Hände, die hier aus meinem Blickfeld verschwinden und meinen Verstand zum Schwinden bringen?
Egal, wessen Hände das sind. Ich kann sie fühlen wie nichts sonst in diesem Moment. Dieser Traum in meinen Gedanken, er kam zurück, um jetzt von mir genauer betrachtet zu werden. Nicht mehr halb so verrückt wie noch vor ein paar Stunden kommt mir das vor, was mein Kopf mir heute Nacht gezeigt hat. Schon wieder bin ich in diesem Kino, das gar nicht existiert und deswegen nur mir allein gehört. Nur ich kann rein und dort allein mit dem sein, was ich empfinde. Das Wasser fließt nicht nur über mich hinweg, nein, es berührt mich auch dort, wo ich mir eigentlich jemand anderes hinwünsche. Das Plätschern wird leiser, als

ich von hier aus wegdrifte in eine Welt, die gar nicht existiert. Noch nicht zumindest. Wer weiß, was dieser Abend bringt. Wie aufgeregt ich jetzt schon bin. Wie heiß, wie kalt die Gänsehaut, die mich nun überzieht. Als zweite Haut, da taugt sie nichts, wo ich auch keine brauche. Viel lieber will ich unbekleidet sein in diesem Moment.

Nach einer ziemlich langen Zeit, in der keine Stelle an meinem Körper vom Wasser unberührt geblieben ist, bewegen sich meine Hände wieder von dort weg, wo sie davor waren. Ein Griff nach hinten und das leise Plätschern gehört der Vergangenheit an.

Ich greife nach dem großen gelben Handtuch, das wegen der Enge des Raumes nicht weit von mir entfernt hängt. Das wickle ich um meinen Körper, um Wassertropfen abzufangen, die sich dort einen Weg nach unten suchen. Auch meine Haare beherbergen Wasser, das nun teils mit Gewalt durchs Handtuch zum Verschwinden gebracht wird.

Meine Haare sind schon ziemlich lang, ich sollte wieder mal zum Friseur gehen. Seit ein paar schlechten Erfahrungen mit Friseursalons habe ich in letzter Zeit lieber die Finger vom Besuch eines solchen Ortes gelassen. Meistens kam dabei nichts Besseres heraus, als davor schon vorhanden war. Auch jetzt herrscht Zweifel, ob ich wirklich jemand anderen ans Werk lassen soll, das meine kleine Kinderschere genauso gut und um ein Vielfaches billiger erledigen könnte. Jetzt will ich mich aber nicht an meinen Haaren austoben. Das verschiebe ich auf später.

Das Handtuch fest um meinen Oberkörper geschlungen und von meinen Armen festgehalten, wage ich mich wieder aus dem dampfverhüllten Bad hinaus und raus auf den davor liegenden schmalen Gang, der mich zu meinem Zimmer führt. Vorbei an einem zweiten Zimmer, wo zwar niemand auf mich lauert, ich aber trotzdem niemandem begegnen will.

Besonders sympathisch sind meine Mitbewohnerin und ich uns nie gewesen. Sie diese Art von überfreundlicher Zukunftskönigin, die nur in die falsche Familie hinein-

geboren worden und im falschen Land aufgewachsen war, um dieser royalen Verantwortung nachzukommen. Ich die Königs-Gegnerin, auf nie veranstalteten Demonstrationen gegen sie agierend. Zwei nicht nur politische Gegnerinnen also, die auf engstem Raume miteinander eingekerkert sind und sich weigern, der anderen die Ketten durchzuschneiden und ihr zur Freiheit zu verhelfen. Manchmal denke ich, sie hasst mich. Manchmal hasse ich sie auch. Ansonsten gehen wir uns aus dem Weg, von dem jede einen anderen geht. Nur die Räumlichkeiten und den Hintergrund in Form von Wohnung, Mietkosten, Küche und Bad nützen wir gemeinsam. Den Rest des Lebens leben wir voneinander abgeschottet und ohne die andere keineswegs einsam.
Ich schleiche also auf samtig-feuchten Katzenpfoten an ihrer Tür vorbei, aber nasse Spuren verraten meinen neuen Aufenthaltsort. In meinem Zimmer, das nicht viel mehr enthält als Bett und Schreibtisch und die fast verhassten Bücherregale, ein paar Poster, Fotos, Zeichnungen und meinen sehr geliebten Zeichenblock, mein Handy, Computer und eine bunte Hundedecke, auf der sich Riva liebend gern von mir streicheln lässt, lasse ich das Handtuch fallen und ersetze es durch Unterwäsche, Hose, T-Shirt, Weste, Socken, Schuhe und was man sonst noch alles braucht, um auf den heutigen Abend vorbereitet zu sein.
Meine schon sehr alten Jeans sind schon so weit, dass ich sie ohne Gürtel nicht mehr anziehen kann. Trotzdem würde mir nie einfallen, sie wegzuschmeißen und durch neue zu ersetzen.
Riva schläft, sie hechelt leise vor sich hin und ich schenke ihr einen liebevollen Blick durch den Spiegel hindurch. Ein Hund zu sein, das wäre wunderschön. So denk ich manchmal.
Dann wieder bin ich froh, ein Mensch zu sein, da nicht jeder Hundebesitzer genauso denkt wie ich und demnach sein Haustier schlecht behandelt. Aber Riva geht's gut. Der Tag im Tierheim hat uns schon nach Augenblicken unzertrennlich gemacht.

✲✲✲

Ein Bellen, ein Keuchen, ein Schnauben. Wo war ich hier gelandet? Ein Irrenhaus für Tiere, ein Tierheim für irre Menschen, die ihre Tiere nicht mehr haben wollten und deswegen einfach weggeben konnten. Die waren alle hier, die ungeliebten Tiere, die schon geschlagen oder ausgesetzt und somit hier gelandet waren. Nicht einer, dem sie was bedeutet hätten. Nur ich als große Retterin? Die Käfige erschienen mir zu streng, es sollte schließlich kein Gefängnis sein, wo diese Tiere lebten. Nicht sie, die Menschen hatten Böses getan, indem sie ihre Tiere verrieten.

Schon immer wollte ich einen Hund haben, hatte aber nie einen bekommen, weil meine Eltern meinten, es sei unvernünftig, einem kleinen Kind ein großes Haustier zu schenken. Meerschwein, Hase, Mäuse, die alle hatten schon an mich gepresst von mir gestreichelt werden dürfen. Nun aber war es meinen Eltern egal, wer das Tier an meiner Seite wurde. Ich hätte sogar einen Elefanten haben können, wäre der nicht etwas zu groß für mein Zimmer gewesen.

Ich lauschte dem Bellen, das teils aggressiv, teils traurig klang. Mein Blick schlich an den Käfigen entlang, wo ich nur die Gitterstäbe richtig deutlich sehen konnte. Dann eine Hundeschnauze, eine gelbe, die sich störrisch ihren Weg durch die Gitterstäbe bahnte. So, als wäre die Luft im Käfig anders. So, als wären die Gitterstäbe zu dicht beisammen, um durch sie hindurch zu atmen.

Ein schwarzer, feuchter Knopf auf dieser gelben Schnauze. Ein Schritt zum Käfig hin und ein Blick in braune Hundeaugen. Dann rief ich einen von den Pflegern herbei und schon war der Zettel unterschrieben. Ich war gewarnt und darauf vorbereitet, was diese Hündin alles tun und nicht tun könnte. Sie war geschlagen worden, meine kleine Auserwählte.

„Sie könnte aggressiv werden, wenn sie durch etwas an die Schläge erinnert wird“, warnte mich der Pfleger.

Ich hörte überhaupt nicht zu. Ließ mich nur ein auf Gedanken, wie schön es sein würde, diesen großen Hund an meiner Seite zu wissen.

„Sind Sie sich darüber im Klaren?"

Das war keine Frage mehr, das war ein Flüstern, das ich kaum noch wahrnahm. Ein Nicken also nur und keine Antwort. Mein Name auf dem streng beschriebenen Papier, dann war die Hündin schon bei mir. Ein Golden Retriever. Sie hatte eine große kahle Stelle auf der rechten Seite ihres Bauches, ein Ohr war eingerissen. Das Fell aber glänzte und lud mich ein, es zu berühren. Sie sah mich aus großen Augen an, schien mich zu fragen, was ich denn mit ihr vorhätte. Kennen lernen konnte man sich später immer noch. Zuerst wollte ich sie aus diesem animalischen Gefängnis befreien und mit mir nehmen.

„Komm", sagte ich ein bisschen streng.

Verstand sie nicht, wie eilig wir es hatten? Verschüchtert und verängstigt und ganz starr saß sie da und blickte mich an.

„Sehen Sie?"

Er triumphierte.

Ich hörte in Gedanken, wie er mir gehässig erklärte, nun sei es zu spät, nun hatte ich den Hund am Hals und vielleicht auch bald den Hals in seinem Maul. Bei geschlagenen Hunden käme es oft zu Komplikationen. Geschlagene Hunde seien unberechenbar. Mit geschlagenen Hunden sollte man sich besser nicht herumschlagen. Nun aber sollte ich mich geschlagen geben, ich hatte nicht hören wollen und nun hatte ich den Hund am Hals. Das alles sagte er natürlich nicht, aber ich konnte seinen Triumph dennoch sehen.

„Komm", sagte ich noch einmal zu meiner Hündin. Unhörbar fügte ich hinzu: „Du willst doch nicht bei diesem Mann bleiben, den man selbst in den Zwinger stecken sollte?"

Wie konnte er die Schuld dem Hund geben? Endlich erhob sich meine Hündin, als ich sie am Halsband nahm und mit mir zog.

Noch eine Woche später saß sie völlig verstört auf ihrer neuen Hundedecke in meinem Zimmer und starrte vor sich hin. Wenn ich ihre Futterschüssel mit leckeren Hunde-Delikatessen füllte, hob sie kurz ihren Kopf, ließ ihn aber sofort wieder auf die Decke sinken.
Erst wenn ich aus dem Zimmer und sie allein war, begann sie zu fressen. Die Mühen mit der Hündin störten mich nicht. Ich war froh, dass sie mich von diesen anderen Gedanken ablenkten, die ich ununterbrochen in einer verschließbaren Schatulle mit mir herumtrug. Meine Hündin war sie nun.

✡✡✡

Die jetzt nach einem Jahr fröhlich vor sich hin hechelt. Und schläft, während ich meine Haare föhne. Sie sind schon so lang, dass ich sie zusammenbinden kann. Das mache ich auch, sprüh kopfüber Haarspray drauf und betrachte mich im Spiegel. Ein bisschen blass, ein bisschen müde seh ich aus. Helle Ringe zieren meine Augen nicht gerade aufs Vorteilhafteste. Wenn nur der Sommer schon den Frühling und dieser schon den Winter getötet hätte. Im Sommer seh ich immer besser aus. Und nicht nur das, auch glücklicher. Bin kein Mensch für kalte Tage, bin auch kein Mensch für Regentage. Am liebsten mag ich den sommerlichen Wind, der die heiße Luft durcheinander wirbelt und Kühlung bringt. Doch heute ist es noch nicht so weit, ich werde mich gedulden müssen, bis wieder Bräune meine Wangen färbt und Sonne meine Haare heller macht.
Meine Augen werden unten mit einem schwarzen Strich von meinem Gesicht abgegrenzt. Auch meine Wimpern sollen dunkler sein als sie jetzt sind. Dann hol ich Rivas Leine aus dem Schrank und weck sie auf. Wir müssen raus. Das kann sie gut verstehen, will auch nicht den ganzen Abend auf die Runde draußen warten. Nun komm, wir müssen los, ich hab's schon eilig. Neun Stockwerke mit dem Lift, ein ungeduldiger Hund, der ganz nervös wird. Kaum geht die

Lifttür auf, ist sie schon draußen. Wartet nicht, ob Leute einsteigen. Nein, lesen kann sie nicht, meine Hündin. Wie sollte sie also wissen, dass wir noch nicht unten angekommen sind? Dann hält der Lift schon wieder, doch dieses Mal nun wirklich dort, wo wir ihn haben wollen. Ich werde rausgezerrt von Riva, die den Weg schon sehr gut kennt und immer schneller rennt, je näher wir der letzten Tür ins Freie kommen.

Die Luft ist warm, doch ist es auch noch früher Abend. Nicht viele Leute sitzen nicht in ihren Wohnungen. Nur eine Straße weiter befindet sich der erste Park, den Riva und ich auf unseren Streifzügen durchqueren. In dieser Stadt hat Grün an manchen Stellen nicht allzu viel Platz. Grau und Braun und Staub sind viel beliebter. Doch hier in diesem Park ist alles abgetrennt. Ein Hundeparadies, wo Hund und Hündin sich begegnen, wo Besitzer und Besitzerin auch miteinander reden. Sei es müssen oder wollen, ein Kontakt bleibt einem selten erspart.

Der sanfte Wind lässt Rivas gespaltenes Ohr flattern. Mich überkommt ein Gefühl der absoluten Zufriedenheit, das ich sonst in dieser Form nicht kenne. Nur mit Aufregung ist dieses Gefühl vermischt. Ich lasse Riva entscheiden, welche Hunde sie beschnuppern will. Selbst bin ich schon weit fort und in Gedanken schon ein Stück entfernt. Hab keine Lust mit anderen zu reden. Geh einfach nur vorbei und ignorier die Blicke, die nicht nur Riva, sondern allzu oft auch mir gelten. Was soll das? Hab doch den Hund nicht als Kontaktbörse zu mir genommen. Will in Ruhe gelassen werden, will mit mir allein gelassen werden. Der Mann dort drüben, grinst der mich so unverhohlen an? Nicht einmal ein Hund an seiner Seite, der diesen Blick noch rechtfertigen könnte. Ein Wort, auch das gilt mir. Soll ich, muss ich antworten? Ich sag mir, nein, lass Worte Worte sein und ziehe Riva weiter. Auch sie soll weg von diesem Mann, der mich an einen anderen erinnert. Es war nicht schlimm, das sag ich mir doch oft genug. Kann nichts dafür, wenn Gedanken in meinem Kopf immer wieder Wurzeln schlagen.

Hab sie schon oft genug herausgerissen, weggeschmissen und verbrannt. Sodass ich es vergessen kann und nie mehr daran denken muss. Auch keine Fragen sollen um die Wurzeln herum entstehen. Hab keine Antwort drauf. Warum? Wieso? Weshalb ich nichts getan hab. Bin feige und kann doch nichts dafür. Macht mich die Feigheit schuldig? Will keine Antwort drauf, will einfach nur vergessen.
Riva hat einen anderen Hund kennen gelernt. So etwas geht im Hundereich sehr schnell, doch bin ich mir nicht sicher, ob es im Menschenreich nicht oft genauso schnell geschieht. Die Leine hab ich ihr schon abgelegt, damit sie dem anderen Hund nachlaufen kann. Sie laufen im Kreis, immer schneller, der Wind weht ihr Fell nach hinten. Der andere Hund ist viel kleiner als Riva, ich weiß nicht, welche Rasse.
Der Besitzer ist ein junger Mann in Anzug und Krawatte. Er steht ein paar Meter weiter und beobachtet unsere beiden Hunde. Er sieht ganz nett aus, trotzdem reicht es mir, ihn aus der Ferne zu sehen und ich will nicht zu ihm gehen, um mit ihm zu reden. Diesen immer gleichen Smalltalk kann ich als Dialog schon niederschreiben. Dann gebe ich meinem nächsten Gesprächspartner den Zettel und lass ihn seinen Teil herunterlesen. Meinen kann ich längst ohne auf den Text zu schauen.
Es bleiben Riva nur fünfzehn Minuten im Freien. Danach wird es Zeit, wieder zurückzugehen. Es dämmert schon, bald kommt die Dunkelheit geräuschlos auf mich zugekrochen. Doch wenn es soweit ist, bin ich längst in meinem Zimmer. Und dann wieder draußen. Und dann schon dort, wo ich heute unbedingt hinwill.
Ich reibe Rivas dreckige Pfoten mit einem Handtuch trocken, bevor sie die Wohnung betreten darf. Meine Mitbewohnerin mag keinen Dreck am Boden. Natürlich bleibt die Tür zu ihrem Zimmer geschlossen, als Riva an ihr vorbei in mein Zimmer läuft. Schwanzwedelnd steht sie dann in der Mitte des Raumes und wartet, dass ich ihr frisches Wasser bringe. Riva ist durstig.

Ich lasse mich für einen Moment aufs Bett sinken und Nervosität mich überkommen. Um mich zu beruhigen, greife ich nach meinem Zeichenblock, der am Schreibtisch liegt, lehne mich mit dem Rücken gegen die Wand, winkle die Beine an und halte den Block vor mir. Warte, dass mir etwas einfällt, das ich zeichnen möchte. Lasse meine Hand mit dem Stift einfach darüber wandern. Schau ihr zu, wie sie Linien zu Umrissen formt.
Schnell reiße ich die Seite raus und zerknülle sie. Ich sollte jetzt nicht zu zeichnen beginnen, sondern mich auf den Weg machen.
Den Weg kenne ich schon seit Tagen. Hab alles schon drauf vorbereitet, wirklich hinzufahren. Ich verabschiede mich von Riva, ziehe meine Jacke an und schon bin ich wieder im Lift, der mich nach unten bringt und mich aus dem Haus rausschiebt. So kommt es mir jedenfalls vor.

Jetzt ist es ganz dunkel draußen. Die Lichter der Straßenlaternen sind Glühwürmchen über meinem Kopf. Ich blicke nicht hoch, schau nur geradeaus und dem heutigen Abend entgegen. Während ich auf den Bus warte, suche ich in meiner Jackentasche nach dem Handy. Schauen, ob sie mich angerufen hat. Vielleicht abgesagt hat. Bis jetzt hat sie das noch nicht. Und ich bin schon am Weg zu ihr. Wie sie in Wirklichkeit ausschaut?
Endlich steht der Bus vor mir. Es sind nicht viele Leute drin und ich setze mich in die letzte Reihe. Ein paar Reihen vor mir schläft jemand. Ein alter Mann, altes Gewand und zu viel getrunken. Der wird die ganze Nacht in diesem Bus verbringen und gegen Morgen auf die Straße geworfen werden. Wo er liegen bleiben und weiterschlafen wird. Ich schaue hin und wieder auf die Uhr, will nicht zu spät kommen. Zu früh sein will ich auch nicht. Ich hab noch mehr als eine halbe Stunde Zeit. Wir treffen uns dann einfach drinnen, hat sie am Telefon gesagt.
In dieser Gegend war ich noch nie. Der Bus fährt eine Straße hinauf, dann geht's wieder bergab. Kommt mir schon

vor, als würde er gar nicht auf einer Straße fahren. Als ich aussteige, muss ich noch ein Stück zu Fuß gehen. Nach links und dann immer geradeaus. Vor mir teilt sich die Straße in zwei Teile. Ich entscheide mich für den rechten. Das ist auch richtig, wie mir bald klar wird. Ich steh schon vor dem Lokal, steh kurz davor sie zu treffen.

❸

Das Lokal erwartet mich mit einem kleinen Vorraum, links neben mir führt eine Treppe nach unten. Die steige ich jetzt hinab und finde mich in einem Kellergewölbe wieder. Ein altes Gemäuer, dessen Wände bemalt und besprüht sind. Eine Couch steht an der Wand und davor ein Tisch. Wenn ich mich nach links drehe, befindet sich dort die Garderobe, wo ich meine Jacke abgebe und dann um einen Euro weniger in meiner Hosentasche habe.

Im Lokal herrscht eine mir völlig neue Atmosphäre, obwohl erst wenige Leute hier sind. Fast nur Mädchen, Frauen. Ich komme mir ein bisschen fehl am Platz vor, als ich ganz alleine drei weitere Stufen nach unten steige und in einem anderen Teil des Kellergewölbes ankomme. Dieser Teil ist größer als der erste, rechts eine Couch, links eine Couch und rechts zweigt fast schüchtern eine kleine Nische ab, die hell beleuchtet ist und in der sich gerade zwei Mädchen küssen. Schnell schaue ich weg. Will nicht dabei ertappt werden, wie ich andere Leute beobachte. Und weiter gehe ich, nun nach oben.

Das Lokal ist ziemlich groß und ich bin fast überfordert, alles in mich aufzunehmen. Ein noch größerer Raum, wieder mit gewölbter Decke, nur Steine an den Wänden und nicht verputzt. Rechts eine Bar, links ein Durchgang zu einem anderen Teil dieses Raumes. Vor mir eine Tanzfläche, wo noch niemand tanzt. Ein bisschen hab ich Angst vor dem heutigen Abend.

Hier ist niemand, den ich kenne, noch niemand, den ich bald kennen lernen werde. Sie ist noch nicht da. Das hab ich gleich beim Betreten des Lokals gewusst. Werde warten müssen. Um nicht untätig herumzustehen, gehe ich zur Bar und kaufe mir ein Bier. Die Flasche gibt mir Halt beim Warten, ich kann's kaum mehr erwarten sie zu sehen. Ob ich sie gleich erkennen werde?

Ich setze mich auf eine Couch und warte und schaue und überlege. Wann kommt sie denn? Wie wird sie sein? Am Telefon hat sie sehr nett geklungen. Musik begleitet meine Überlegungen. Ein paar Augenblicke später steht sie vor mir. Ich erkenne sie sofort wieder, hab ja schon Fotos von ihr gesehen. So blaue Augen, nun auf mich gerichtet. Wo soll ich meinen Blick nur hinführen? Bin so nervös, wag nicht einmal zu atmen.
„Hallo“, sage ich erstaunt.
Wie in meinem Traum.
„Schön dich zu sehen.“
Sie freut sich. Steht vor mir und lächelt mich an. Kein bisschen schüchtern. Und ich, ich staune, starre, schweige für die nächsten paar Sekunden. Könnt mich hassen, dass ich so bin wie ich bin und nicht anders. Ein Piercing in der rechten Augenbraue, auf das ich schaue, während ich nun doch einen Satz formulieren kann. Den sie dann sogar versteht.
„Das Lokal ist ja echt super. So ungewöhnlich in diesem Kellergewölbe.“
Sie lächelt noch immer. Dass sie mir sympathisch ist, weiß ich gleich und ich freu mich auf einen netten Abend. Hab lange Abende mit ihr im Internet verbracht, hab viel erzählt und viel von ihr erfahren und was sie mag. Doch nun, als virtuell und wirklich reell verschwimmen, ist alles plötzlich verschwommen, als hätte ich sie eben erst kennen gelernt. In gewisser Weise ist das ja auch so.
„Find ich auch, ich mag das Subzero echt gern.“ Dann nach einer Weile: „Ist das eigentlich dein erster Abend in der Szene?“
Ich schlucke.
„Ja“, sage ich ein wenig zögerlich. Und füg hinzu: „Ich wohn ja auch noch nicht so lange in Wien. Da, wo meine Eltern wohnen, wäre ein solches Lokal unvorstellbar.“
Sie geht zur Bar und kauft sich ein Bier. Mein Blick begleitet sie und tastet ihren Umriss ab. Sehr rund und weiblich sind die Formen, sehr klein und zierlich die Silhouette. Jeans

verdecken schlanke Beine und bei ihren Haaren bleib ich in meiner Betrachtung hängen. Schwarz und ziemlich kurz. Sie dreht sich um und ein paar Schritte später steht sie wieder neben mir. Sie prostet mir zu. Ich schaff es schon, ihr ganz natürlich zuzugrinsen. Bin schon ein bisschen mehr ich selbst, als ich noch vor Minuten war, wo Nervosität mich gefesselt hatte. Nun hat sie mich gefesselt und lässt mich bald wieder los.

„Komm, ich stell dir ein paar Leute vor", sagt sie und zieht mich an den Hand durch den Raum zu einer Gruppe, die sich dort gebildet hat.

Mit jedem Blinzeln füllt sich der Raum mehr. Viele Namen, die ich höre und auch schon wieder vergessen habe. Viele Hände, die sich kurz berühren, viele Blicke, die mich prüfen. Mich überkommt dann doch ein Gefühl der Sicherheit. Sie alle sind nur hier, weil sie das kennen, was ich mir wünsche. Die Zeit verrinnt sehr schnell. Die Flasche in meiner Hand wird leer und durch eine neue ersetzt, die wieder voll ist.

Als mein Blick durch das Lokal schweift, bleibt er plötzlich an jemandem hängen. Will weiterschweifen, doch wird festgehalten.

Eine Situation erscheint vor meinen Augen. Eine andere Stadt in einer anderen Umgebung und Gefühle, die damals stark waren und jetzt schon schwächer sind. Wenn sie überhaupt noch vorhanden sind, nachdem sie zerschlagen wurden. Doch das Gesicht ist eindeutig das gleiche. Ich entschuldige mich bei meiner Begleitung und geh langsam auf sie zu, die mir so bekannt vorkommt. Sie grinst und weiß das Gleiche, das ich auch erkenne. Ein wenig verlegen sind wir beide.

„Du wohnst auch in Wien?"

Eine Begrüßung ist unnötig. Ich lache. Meine Arme werden Flügel und schlagen wedelnd die Erinnerung zu mir.

„Seit einem Jahr. Und du?"

„Schon ein wenig länger. Ich hab damals die Schule abgebrochen und bin gleich hierher gezogen."

Ich habe nicht geglaubt, dass ich sie wiedersehen werde.

✡✡✡

Ich war vierzehn und sie schon ein Jahr älter, als sie eines Tages in unsere Klasse kam. Sie waren in unsere Stadt gezogen, ihre Eltern hatten sich scheiden lassen. Es war Sommer. Die Morgen so kühl und frisch, die Tage lang und heiß und träge, sodass sich unsere Körper fast automatisch in das Grün der Wiese begeben wollten.
So viele Tage am See, der schillernd und bebend sanfte Wellen schlug, in die wir hineintauchten, um gleich darauf mit wassertropfenverhangenen Wimpern wieder an der Oberfläche zu erscheinen. Unsere Badetücher hatten wir eng nebeneinander gelegt, um einen großen Fleck zum Liegen und Sitzen zu haben. Die Sonne bemühte sich und wandte all ihre Kraft auf, um unsere Rücken zu verbrennen, doch wir wehrten uns genauso stark dagegen.
Ein süßer Geruch nach Blumen und Sonnencreme, der mir in die Nase stieg, wenn sie sich über mich beugte, um weißes Zeug auf meinem Körper zu verteilen. Sehr still lag ich jedes Mal dort, wagte nicht mich zu bewegen, wollte diese Stimmung auf keinen Fall verscheuchen. Nur wir beide an diesem Platz am See. Die anderen aus unserer Schule lagen am anderen Teil des Badeplatzes. Man begegnete sich im Wasser. Fontänen, erzeugt von ihren Händen, trafen mal mich, mal sie, mal trafen unsere die anderen.
Sie war schon oft in anderen Ländern gewesen, erzählte mir bunte Geschichten von grauen Städten und den Leuten, die sie dort getroffen hatte. Ihre Mutter war Fotografin, ihr Vater irgendwas, das ich nie ganz verstanden hatte. Nun war ihr Vater weg und sie und ihre Mutter hier und ich so glücklich über diesen Sommer, der gern ewig dauern könnte. Die großen Kugeln Eis zerschmolzen langsam in unseren Händen, während Bienen sich einen Weg in diese süße Kühle suchten.
Ihre Haare kräuselten sich, wenn sie im hellen Licht der Sonne trockneten. Und wenn sie schlief, da öffnete sich leicht ihr Mund. Wie viele Stunden ich ihr wohl beim

Schlafen zugeschaut habe? Stille Nächte, die ich in ihrem Zimmer verbracht habe. Eingeschlossen vor der Außenwelt, beschützt durch sanftes Dämmerlicht, das durch die Vorhänge fiel. Im Nebenzimmer ihre Mutter und ein neuer Mann, den niemand kannte und den niemand kennen wollte. Am nächsten Morgen war er verschwunden. Wir saßen kichernd in dem großen Bett in ihrem Zimmer.

„Was, glaubst du, werden wir heute in zehn Jahren machen?"

Eine Frage, die das Kichern unterbrach.

„Ich werde dann schon in Irland sein und Schafe hüten."

Ich sah eine junge Frau in alter Hose und zerrissenem Hemd mit einer selbstgeschnitzten Flöte auf einem Stein sitzen. Vor ihr lag eine endlos weite Wiese mit vielen weißen, lockigen Flecken, die Schafe sein sollten. Ein Kichern reckte sich in meiner Kehle und wurde frei gelassen.

„Und ich bin dann das schwarze Schaf in deiner Herde, das immer wegläuft."

Bald saß sie auch in der Schule neben mir. Langeweile stießen wir aus unseren Gedanken, zeichneten unsere Professoren. Eine riesige Knollennase bekam der eine, mit Piercings übersät wurde der andere. Ihre Bleistiftmine brach und ich gab ihr meinen Stift.

„Den kannst du behalten", meinte ich nach der Stunde.

Wir wurden unzertrennlich in unserer kindlichen Unerfahrenheit. Sie war schon ein Jahr älter. Ab und zu stahl sie ihrer Mutter Zigaretten, die wir heimlich am See rauchten. Ich fühlte mich so erwachsen damals, ein Ausblick auf die Zeit meiner endgültigen Unabhängigkeit, hatte ich geglaubt.

Doch alles kommt so anders als man denkt und am häufigsten kommt das, dem man nie Beachtung schenkt.

Ihre Großeltern hatten ein Ferienhaus auf der anderen Seite des Sees. Schweißtreibende Anstrengung, als wir mit den Rädern dorthin fuhren. Still und ruhig, nur Ferienhäuser hier. Doch war's noch nicht Hochsommer und Arbeit hielt die Leute in ihrem Wohnort zurück. Für Ferien, da blieb ihnen keine Zeit. Wenn doch, dann nur am Wochenende.

Doch jetzt war Dienstag und der Vormittagswind machte unser Vorankommen nicht gerade leichter. Die Schule dufte einen Tag auf uns verzichten. Wie lange ich davor geübt hatte, die Unterschrift meiner Eltern so zu schreiben, als stamme sie von ihnen, das sagte ich ihr nicht. Ihre Mutter sprach sich für antiautoritäre Erziehung aus, sprach mit Steffi über alles, was meine Eltern sorgsam vor mir versteckten. Ein Kind war ich noch in ihren Augen. Steffi schon eine Freundin ihrer Mutter.
Dann waren wir endlich beim Ferienhaus. Ein kleineres Gebäude aus Holz mit großem Balkon und beeindruckendem Blumenschmuck.
„Ab in den See", schrie sie.
Ich schleuderte meine Sachen vor die Eingangstür, mein Rad ein Stück davor und lief ihr nach, als sie auf den Steg und dann ins Wasser hüpfte. Wie kalt das hier an dieser Stelle war, ganz unberührt von Menschenkörpern, die ihre Wärme sorglos mit ins Wasser nahmen.
„Fahren wir mit dem Boot raus?"
Im Anbau des Hauses befand sich ein kleines Fischerboot mit alten moosbezogenen Rudern. Die Feuchtigkeit hatte gute Arbeit geleistet, hatte sich ihren Weg ins Innere des Holzes gebahnt, um dort für lange Zeit zu bleiben. Die Bretter der Bootes waren morsch, aber immer noch stabil genug, um uns zu tragen. Gemeinsam schleppten wir es raus und ließen es ins Wasser fallen. Spinnen und andere kleine Tiere weigerten sich, denselben Weg zu gehen und verschwanden trotzig unter den Sitzen.
Schaukelnd trieb das kleine Boot auf den Wellen entlang. Rudern war fast unnötig, die Strömung trieb uns ohnehin dorthin, wo sie wollte. Als ich aufsprang und begann, das Boot im Hüpfen hin- und herzuschaukeln, da gab mir Steffi einen Stoß. Kreischend und zappelnd verschluckte mich die Wasserfläche und barg mich in ihren blauen Tiefen. Spuckend und tretend erreichte ich das Boot, zog mich hoch und stieß nun sie über Bord des alten Dampfers.

So verbrachten wir den Nachmittag. Kein Blick zu lang auf den glänzenden Wassertropfen auf ihrem Bauch, kein Blick zu lang auf ihr, die so unverschämt nahe bei mir war.
Irgendwann war sie fort. Sie war nicht mehr da, das wurde mir klar, als sie mir sagte, ihre Mutter hätte einen Auftrag in einer anderen Stadt. Dann war sie ganz weg. Plötzlich war nur mehr ein Loch, wo früher immer jemand war. Glaubte sie denn, ich würde nicht bemerken, wie leer es plötzlich war?

4

Du hast die Schule abgebrochen?“

✡✡✡

Lange Tage vor dem Telefon, das ich schon hasste. Keine Stimme, die mir sagte, wo sie war. Und keine Ahnung, was ich von da an tun sollte. Nur warten war zu einsam, doch diese unbeschwerten Sommertage waren für mich unerreichbar geworden. Ich konnte mich recken und strecken wie ich wollte, doch kam nichts näher, was zu dieser Zeit schon fort war.

✡✡✡

„Weißt du noch, als meine Mutter diesen neuen Auftrag bekam? Eine völlig neue Chance, hatte sie mir erklärt. Ich war so froh, endlich wieder aus der kleinen Stadt wegzukommen. Du weißt ja, wie das dort ist. Nur dumme Kinder und Gerede, das nichts taugt.“

✡✡✡

Wieder ich und wieder ganz alleine. Wie konnte sie alles zurücklassen, das sie sich einfach so genommen hatte? Sei's ich oder sei es dieses Andere in mir, das bald schon nur noch an sie dachte. Wo war sie hin? Noch Tage vorher die Fahrt am See, ihre Hand für einen winzigen Moment auf meinem Rücken, wo schon tausend wirre Gedanken saßen und diese Berührung in sich aufnahmen. Machten einen Wunsch daraus, der doch nicht meiner sein konnte.
Kein Blick zu lang, kein Wort zu kurz, um so ein Schweigen zu erzeugen. Hatte ich ihr wirklich alles gesagt? Wohin auch

immer sie verschwunden war, ich war nicht dort und sie war fort, ich war allein. Und traurig nur, dass sie nicht hier war. Egal, wie lang der Sommer dauerte, ich sehnte mir den Herbst herbei, der endgültig das Ende mit sich bringen würde. Kein Tag verging, ohne an diesen Moment zu denken. Momente waren es in dieser irrealen Zeit, wo wir zu zweit und sie nicht zu weit entfernt war, an die ich mich jetzt klammerte.
Doch ich blieb still und ließ sie gehen. Sie ließ mich stehen, ich war trotzdem traurig, dass sie weg musste. Ein schönes Foto nahm sie mit in ihrem Kopf. Von mir, von ihr und von uns beiden, als der Sommer noch ein schöner war. Doch wurde dieses schnell ersetzt durch neue Fotos? Ihre Mutter war Fotografin. Wer weiß, wohin sie diese Reise führte. Sie hasste diese kleine Stadt, wie sie jetzt sagt. Was war es dann, das sie zum Lachen brachte und zum Kichern, wenn wir zusammen waren? Hasste sie mich? Noch immer ist nicht genug Zeit vergangen, um mich vor Verletzlichkeit zu schützen. Noch immer ein harter Stich in meinem Herzen, wenn diese Bilder an mir vorüberziehen. Genau wie damals. Ein Schmerz so stark, dass er für immer unter Gips begraben werden müsste.

☼☼☼

„Ja, ich weiß."
Ich lache, um Gips vor meiner Brust zur Seite zu schütteln.
„Es ist doch immer das Gleiche mit diesen kleinen Städten."
Ich tue, als wisse ich, wovon sie redet. Ich tue, als würde ich verstehen, warum ich sie seit damals nie wieder gesehen, nie wieder was von ihr gehört habe. Ich bin doch stark und ich bin keinesfalls ein kleines Mädchen, das um ihre beste Freundin trauert.
„Wo seid ihr denn damals hingegangen, du und deine Mutter?"

Auch Interesse kann als Schutzschild aufgebaut werden. Ich halte es sehr hoch, sodass sie mein Gesicht nicht sehen kann.
„Weiß du noch, dieser Typ, den sie am Schluss so oft mit in ihr Schlafzimmer geschleppt hatte? Der kannte den Chef von einem Reisemagazin und dieser bot meiner Mutter an, für sein Magazin zu fotografieren. Ich bin ja schon als Kind so gerne mit ihr herumgereist in den Ferien und manchmal auch während der Schulzeit.“
Ein Nicken, ein Lächeln, schon wieder Verständnis, das sich so selbstgefällig vor meine Hilflosigkeit stellt und ihr befiehlt, sie soll verschwinden.
„Und damals wollte meine Mutter nach Dublin. Und du weißt ja, Schafhirtin und so… Jedenfalls bin ich dort ein halbes Jahr zur Schule gegangen. War so langweilig, sag ich dir nur. Dann war ich auch schon sechzehn und meine Mutter hab ich fast nie gesehen. Immer auf Reisen für das Magazin. Ich hatte echt keine Lust mehr, ständig auf sie zu warten. Und Dublin fand ich auch schon ziemlich blöd. Immer diese Snobs mit ihrer unglaublich veralteten Einstellung. Und so bin ich dann wieder nach Österreich gekommen und nach Wien gezogen. Ganz allein.“
Ihr Mut stellt sich vor mich hin und weist mir mit einer Geste, beeindruckt zu sein. Welche wundervollen Wurzeln die antiautoritäre Erziehung ihrer Mutter geschlagen hat.
„Klingt aufregend“, sage ich nur.
Will sie in ihrem Redefluss nicht stoppen.
„Jetzt arbeite ich in einem Secondhand-Laden, der gehört meiner Freundin und ihrem Bruder. Wir verkaufen dort altes Gewand von coolen Leuten. Du solltest echt mal vorbeischauen.“
Sie verdreht die Augen und schaut mich dann an.
„Dort ist ja manchmal so viel los, ich bin den ganzen Tag nur auf den Beinen.“
Ungläubig schüttelt sie den Kopf. Dann wieder freundlich überschüttet sie mich mit ihrer Neugier. Gespräche über mich und Gedanken an eine spätere Schulzeit nach ihrem

Verschwinden. Gedanken an eine Zeit nach der Schulzeit, die ich am liebsten gleich ermordet und dann tief und tiefer vergraben hätte. Für immer sollen sie dort bleiben, nie wieder hier erscheinen und mich verschonen mit ihren bösen Farben und der grausamen Realität. Bin doch selbst schuld. Bist doch selbst schuld. Kein andrer sonst, nur du allein. Hast gewusst, was auf dich zukommt. Ich kleb den Zweifeln ihren Mund zu, sodass sie still sind und nur lauschen, ob ich denn etwas zur Entschuldigung vorbringen kann und werde. Das wird sie trotzdem nicht überzeugen, denn Zeugen sind oft misstrauisch und immerhin wissen sie es besser. Ich fühl mich schlechter als noch Augenblicke davor.

Eigentlich hab ich ziemlich lange darauf gewartet, dass du dich meldest und mir erzählst, wo du bist. Das will ich sagen, aber bin dann still. Was sie nicht hören will, werde ich nicht sagen.

„Bei mir ist es so weitergegangen wie immer. Nichts Aufregendes. Schule, Schule, Schule und blöde Leute, die einen nerven."

Das findet sie lustig. Sie holt eine zerknitterte Zigarette aus ihrer Hosentasche, die gar keine Zigarette, sondern etwas anderes ist. Zündet sie an und reicht sie mir. Der Geruch steigt bekannt in meine Nase und sicher auch in die der anderen, die sich aber weder darum kümmern, noch uns einen Blick schenken.

Längst habe ich die vergessen, mit der ich eigentlich hier bin. Nur kurz ein Blick nach rechts, dort steht sie ja und redet, während ich hier stehe und Vergangenes nach oben befördere. Immer schneller kommen Fetzen aus der Zeit mit ihr zu mir. Ich kann gar nicht alle davon genauer betrachten.

Nur Stunden später zieht alles rasch an mir vorbei. Zu viel Bier und zu viel von dem geraucht, was sie mir da gegeben hat. Ein sanfter Nebel fängt mich auf, wenn ich wieder abzustürzen drohe. Der Abgrund naht, ich steh am Rand der Klippen, weiß, dass ich nicht springen werde, doch kann den

Satz noch nicht klar denken. Vielleicht tut's dann jemand für mich und stößt mich runter.
„Gehen wir?“
Sie zieht mich raus aus Nebelsümpfen, wo jemand mir die Augen verbindet und mir blind gezogen über Moor und Treibsand hilft. Ich lass mich ziehen, kein Widerstand von meiner Seite. Geh einfach mit und schau nicht einmal zurück, als wir schon weit entfernt vom Ausgang sind.
„Wo wohnst du denn?“, frage ich leise.
„Wir können zu Fuß hingehen. Es ist nur zehn Minuten entfernt.“
Das freut mich, würd's nicht ertragen, in einen Bus zu steigen, der mich ungefragt durch dunkle Gassen fährt. Immer im Kreis führt uns eine Treppe ein Stiegenhaus nach oben, wo wir schließlich vor ihrer Wohnungstür stehen.
„Hier ist also mein Reich.“
Sie breitet die Arme aus und zeigt auf die Türen, die vor uns liegen.
„Küche, Bad, Wohnzimmer, Schlafzimmer.“
Die Wohnung ist vollgestopft mit Sachen, die keiner braucht. Aber die Zimmer sind groß und eine eigene Wohnung, die man mit keinem teilen muss außer mit sich selbst, hat schon einen gewissen Reiz. Den hat gerade diese Wohnung nun für mich, denn vor mir steht sie und tut, als ob ich schon oft hier gewesen wäre.
„Willst du etwas trinken?“
Nur Höflichkeit. Ich schüttle den Kopf. Getrunken hab ich an diesem Abend schon genug. Dann liege ich wieder neben ihr, wie früher. Bin vierzehn und sie um ein Jahr älter und kichernd schauen wir uns an.
„Du hast mir ziemlich gefehlt“, sagt sie.
Ich will nicht hören, was sie sagt. Ist alles doch nur eine Lüge. Ich will jetzt überhaupt nichts hören. Ein Seufzen, bin das nun ich?
„Du auch.“
Das hier bin ich. Sei doch still, hör ich da etwas drin in mir. Das will nicht, dass ich ehrlich zu ihr bin. Sie soll doch nicht

wissen, wie es wirklich war. Sie zieht die Doppeldecke über meinen Arm. Wie weit sie sich zu mir beugt. Ich sollte aufstehen, jetzt sofort und gehen. Soll schnell verschwinden. Doch bleib ich liegen und beginn zu zittern. Nicht weil mir kalt ist, sondern weil da eine dicht bei mir ist, die das doch früher schon nicht wollte. Kann ich jetzt diesen einen Blick zu viel wagen? Eine Berührung nur und schon geht alles seinen Weg von selbst. Wie Stunden kommt's mir jetzt schon vor, als niemand redet.

Wie nah bei mir sie liegt und ihr Bein berührt schon meins. Ein Zögern noch, das Zittern ist doch schon eindeutig. Ich frag mich, ob es richtige Entscheidungen gibt oder nur falsche und was ich tun soll, wenn's die falsche ist. Als sie meine Haare berührt, da weiß ich, dass der Zweifel längst verschwunden ist.

Endlich ihr Gesicht an mich gepresst, ich kann's nicht glauben, was gerade hier geschieht. Nun sei's egal, ob richtig oder falsch. Ich muss dem Ziehen folgen, das sanft in ihre Richtung mich bewegt. Gefühle, die ich schon seit langem kenne, werden mir schon wieder fremd. So neu erscheint mir alles hier zu sein. Für sie ist alles so wie immer und sie glaubt, ich wüsste, was ich tue.

Komm her zu mir und lass dich anschauen, so schön wie noch vor vielen Jahren. Und dennoch dieses Mal ganz anders, du bist viel näher, unnahbar. Ein scheuer Blick von meiner Seite, dann gibt es endlich kein Zurück. Wie hungrig mein Mund nach ihrem greift, der wiederum schon längst bei meinem ist. Vier Arme, die nach Halt suchen und den schon bald finden. Eine Umarmung kann so schön sein, dass sie einen zum Weinen bringt. Doch ich will in mir nur jubeln. Ein Vulkan bricht in mir los, so feurig, glühend und gefährlich ist diese Situation.

Noch immer kann ich nicht aufhören zu zittern. Auch wenn's nur ein leichtes Zittern ist, bemerkt sie es und hält mich fester in ihren Armen, die so beruhigend sind, als könnten sie mich vor einer ganzen Elefantenherde verstecken. Wie in René Magrittes Reiseerinnerungen friere ich dieses Bild zu Stein. Zwei Menschen, die verzweifelt nacheinander greifen, je ein Lächeln auf ihrem Gesicht. Das pure Glück könnte für mich nicht anders aussehen. Egal, wie lange diese Nacht noch dauert, das Bild wird mich immer begleiten. So viele lange Jahre schmelzen unter ihren Küssen weg, so viele sehnsuchtsvolle Gedanken sind verschwunden und durch dieses neue Bild ersetzt. Nun bin ich sicher, dass mein Monster bald mein Freund wird. Will's nur striegeln, streicheln, niemals schlagen.

Diese Frauenlippen bringen mich an den Rand dazu, den Verstand zu verlieren. Kann nur noch fühlen, schmecken, riechen, denn sehen kann ich nichts, bin blind vor Aufregung. Sie führt mich langsam ans Ziel, geht kleine schmale Wege, doch lässt mich niemals allein, immer ist da ihre Hand, die mich leitet und begleitet, wenn wir uns so nahe kommen.

Das erste Mal mit einer Frau, so wunderschön, ich will's noch mal.

Sie denkt, dass für mich das alles nichts Besonderes war, sie kennt das alles schon. Kann deshalb auch nicht verstehen, warum ich noch immer zittere und gar nicht damit aufhören kann.

„Ist dir kalt?"

Ihre Stimme klingt so zärtlich, dass ich fühle, wie mich ihre Worte streicheln. Meine feinen Haare auf den Armen strecken sich diesem Streicheln entgegen. Ich schüttle den Kopf. Kann nicht reden, so weggetreten bin ich noch.

„Geht's dir gut?"

Sie lächelt. Ich nicke. Sie streicht mir durch die Haare, beugt sich zu mir und küsst mich sanft.

„Schön."

Sanftes Licht fällt durch den Vorhang, das sie zu einem silbernen Schatten macht, genauso wertvoll. Ich fahre mit den Fingerspitzen diese Konturen nach, wie mit einem Stift, der solche Konturen erst zu Papier bringt. Jetzt ist es anders, ich muss sie fühlen, um das alles zu begreifen.

Wir liegen noch eine Weile wach und reden über die Vergangenheit, die wir nicht gemeinsam verbracht haben. Da gibt es viel zu erzählen.

Ich bin auch wieder gesprächiger, habe mich an einem unsichtbaren Faden hochgezogen. Wir reden und reden, bis ich gar nicht mehr aufhören kann zu lachen und ich fast keine Luft mehr bekomme. Es ist genau wie in diesen Nächten früher, wo alles so perfekt war und nur ein kleines rotes Lämpchen mich daran hinderte, eine gewisse Linie zu übertreten. Nun haben wir sie übertreten und der Boden rundherum ist festgetrampelt von unseren fordernden Schritten. Das rote Lämpchen haben wir zerschlagen.

„Seit wann weißt du es?“, frage ich sie.

„Schon immer. Dieser Tag am See und die ganze Zeit, die ich mit dir verbracht habe, denkst du, das war nur, weil ich keinen von den Typen abbekommen hatte?“

Wir lachen schon wieder. Ich fühl mich so berauscht, dass ich sie am liebsten durch die Luft gewirbelt hätte.

„Das habe ich eigentlich schon gedacht. Wie hätten wir zwei dummen Krähen auch einen von den sexy Typen abbekommen können? So jemand hatten wir doch gar nicht verdient.“

„Nur wir beide waren schlecht genug füreinander“, sagt sie.

Ich stelle keine von den Fragen, die mir damals auf der Zunge lagen, als sie, ohne was zu sagen, einfach so die Stadt verließ. Schließlich will ich diesen zerbrechlichen Moment nicht von seinem Sockel stoßen. Dort soll er so lang bleiben, bis jemand ihn entfernt. Wohin er dann gestellt wird, ist mir im Moment ganz egal.

Kann Glück traurige Flüsse wegspülen und Regen trocknen, der an alten Fensterscheiben runterrinnt?

In ihren Armen schlafe ich ein.

❺

Ich wache immer wieder auf, bin nicht gewohnt, dass jemand mich umarmt. Sofort erfüllt mich wieder dieses unbeschreibliche Gefühl, das schon die ganze Nacht in mir verbracht hat. Ich sehe ihr zu, wie ruhig sie atmet. Dann schlafe ich wieder ein.

„Guten Morgen."
Sie weckt mich mit einem Kuss.
„Gut geschlafen?"
Ihre Haare sind ganz strubbelig, ich muss ziemlich viel darin herumgewühlt haben.
„Willst du duschen?"
Sie zeigt mir, wo die Dusche ist und gibt mir ein Handtuch und einen Bademantel.
Als ich wieder aus dem Bad komme, riecht es nach frischem Kaffee. Sie hat schon Frühstück gemacht und ich setze mich neben sie an den Küchentisch. Ein Stapel Zeitungen neben mir. Sie bemerkt meinen Blick und sagt: „Die Gratis-Abos, du weißt ja, man kommt nie dazu, sie zu lesen."
Dann Schweigen, weil wir letzte Nacht schon genug geredet haben. Die Stille wird unangenehm laut. Ich sehe, wie sie zur Uhr schaut, dann wieder zu mir, dann wieder zur Uhr, dann wieder zu mir. „Meine Freundin kommt bald."
Will sie mich mit diesem Satz endgültig erschlagen? Übung hätte sie darin und Übung macht Meister. Wie gut ich diese Situation meistere, bleibt mir überlassen.
„Soll ich mich beeilen?"
Ich sage das sehr schnippisch. Sie ist genauso, wie sie schon früher war. Macht immer das, was ihr gerade in den Sinn kommt, dabei ist es egal, wie die Sachen enden.
„Beeilen musst du dich nicht. Ich wollte das nur sagen."
Damit keine falschen Gedanken entstehen, die schon früher entstanden sind und dann schnell bereinigt wurden.

Das unbeschreibliche Gefühl verschwindet hinter einem hohen Felsen. Dann kommt die Flut und spült es weg. Zum Abschied küsst sie mich auf den Mund.
„Bis bald“, sagt sie und lächelt.
Sie hat meine Telefonnummer nicht und sie weiß nicht, wo ich wohne. Wie sollen wir uns also bald wiedertreffen? Diese Lüge ist nicht schwer zu erkennen.

6

Riva jault, als ich die Tür zu meinem Zimmer öffne. Ich hab sie vernachlässigt. Sie will nach draußen und hat Hunger. Schnell fülle ich eine Schüssel mit Hundenahrung, die andere mit Wasser. Dann lege ich ihr das Halsband um, nehme die Leine und verschwinde mit ihr ins Freie. Heute gehen wir eine große Runde, bleiben sogar draußen, als es zu regnen beginnt.

Ich will meine Kapuze nicht aufsetzen, sondern lasse die kühlen Tropfen über mein Gesicht rinnen. Meine Haare kleben in meiner Stirn, aber ich gehe weiter, als würde ich es nicht bemerken.

Riva scheint der Regen nichts auszumachen. Vergnügt rennt sie durch alle Pfützen, schnuppert an jeder nassen Ecke und zieht mich hinter sich her.

Es sind kaum Leute auf der Straße bei diesem Wetter, außerdem trauen sich die Leute am Sonntag selten außer Haus. Nur einige Autos fahren an mir vorbei, als wir zur Wohnung zurückgehen. Dort befreie ich mich schnell von meinem nassen Gewand und föhne meine Haare. Der Regen hat auch ihren Geruch von mir abgewaschen.

Dann liege ich einsam in meinem Bett und versuche zu schlafen. Der Schlaf entfernt sich immer weiter, will einfach nicht zu mir. Ich fühle mich wie gelähmt, kann einfach nichts richtig machen. Alles, was ich berühre, fällt um und nichts als Scherben bleibt zurück, an denen ich mich schneide, dran verblute, wenn mir niemand hilft. Kann nichts und niemals etwas richtig werden? Und immer alles meine Schuld, ich sollte denken, dann erst handeln, doch bin ich immer viel zu feig dazu. Was hab ich heute Nacht getan? Ich war nicht dort, um Altes wieder neu zu machen, war nur verwundert, als ich sie dort sah. Ein alter Wunsch war es gewesen, nichts weiter, doch muss ich immer alles zerstören? Schon lange kein Gedanke mehr an sie verschwendet, noch

nicht vergessen, aber nur ein Stück davor. Jetzt spüre ich ihre Arme um meinen Körper, der letzte Rest der verblassenden Erinnerung an heute Nacht.
Ich stehe noch einmal auf, gehe zum CD-Player und lege meine heiß geliebte Wir sind Helden CD ein. Zu dieser Musik wiege ich mich in den Schlaf und wache erst wieder auf, als es schon dunkel ist und die Regenwolken hinter der Finsternis verborgen sind. Bald kommt ein neuer Tag.

„Du warst dann gestern irgendwann verschwunden. Tut mir leid, dass wir uns nicht mehr gesehen haben."
Ich warte auf ihre Stimme am Telefon. Hoffentlich ist sie nicht böse, weil ich vom Gespräch mit Steffi nicht mehr zurückgekommen bin.
„Du warst so ins Gespräch mit deiner alten Schulfreundin versunken, ich wollte euch nicht stören und wir sind gar nicht lang geblieben."
Alles ist in Ordnung, sie klingt genauso unverbindlich wie noch gestern Abend. Ich bin erleichtert.
Lang und klebrig zieht sich der Abend vor meinen Augen. Ich weiß mit mir nichts anzufangen und das Wetter lädt zu keinen langen Spaziergängen ein.
„Weißt du", murmle ich zu Riva, „ich hab da gestern etwas ganz Dummes gemacht. Ich hatte mal eine Freundin vor langer Zeit und die war gar nicht nett zu mir. Und was mache ich? Kaum treffe ich sie wieder, kommen alle Gefühle wieder hoch und ich glaube wirklich, dass es noch einmal so sein könnte wie früher."
Riva nickt verständnisvoll und schaut mich treuherzig an. Ich kann nicht anders als sie zu umarmen.
„Du bist eine wahre Freundin, bist immer für mich da und hörst mir zu, egal, was ich dir zu erzählen habe."
Sie legt eine Pfote auf mein Bein. Stößt mein instabil gebautes Schutzhaus um und bringt den Damm zum Einstürzen. Hervor brechen viele Tränen, die auf Reise gehen. Ich weine ihnen nicht nach.

Später hüllt mich wieder Schlaf in seine sanften Federn und die ruhige Luft im Zimmer trocknet meine Tränen. Traumlos schlummere ich dem nächsten Tag entgegen.

7

Ein altes Heft liegt mit der Vorderseite nach unten vor meinen Füßen. Es ist mir entgegengefallen, als ich eine Schachtel vom Schrank gehoben habe. Mitgezerrt ist es worden, sei es freiwillig oder gezwungen. Nun liegt es da und will auch beachtet werden.
Ein zerfetzter blauer Umschlag sagt mir, was ich zu erwarten habe, als ich mich schließlich bücke und dem Drang des Heftes nachgebe. Schlag mich auf, ruft es. Immer lauter ruft es das, sodass ich nicht mehr anders kann als es zu drehen, bis die Vorderseite sich mir zeigt. Zehn. Steht dort in schwarzen dicken Buchstaben. Verblasst nach zwölf sonnigen Jahren. Zehn und blau. Jedes Jahr ein neues Heft, mit jedem Heft eine andere Zahl am Umschlag und jedes Jahr eine andere Farbe. Heute bleibt mir keine Farbe mehr, da ich längst aufgehört habe zu schreiben. Irgendwo dort oben in der Staubigkeit des Schrankes müssen auch die anderen sein.
Eine ganze Palette meines Lebens, das von einem Erlebnisjäger in weißes unpersönliches Papier gesperrt worden ist und dort hässliche schwarze Flecke hinterlassen hat. Wie viele, das kann man nicht mehr sagen. Hastig schlage ich das Heft auf, immer schneller arbeiten sich meine Finger durch die vielen dünnen Seiten. Eine Zeichnung hier, ein paar Zeilen dort. All das, was damals für mich wichtig war. Ein ganzes Jahr in diesem kleinen Heft verpackt.
Ob ich unbewusst nach den Heften gesucht habe? Kein Zufall kann es sein, dass ich gerade heute finde, was dort schon länger liegt. Doch lag es einfach irgendwann vor mir. Kann nichts dafür, dass ich es heute gefunden habe. Ich weiß, dort oben find ich auch die anderen, wenn ich sie jemals finden möchte. Aber jetzt zwinge ich mich zu gehen. Ich muss zu einer Vorlesung über Kunstgeschichte. Um zum

zweiten Abschnitt zugelassen zu werden, muss man diese Vorlesung besucht haben.

Ich bereite mich auf eine langweilige Stunde vor. Was der Professor erzählt, habe ich schon einmal in gekürzter Form gelesen. Früher habe ich mich sehr für Kunstgeschichte und Ikonografie interessiert. Dass Bilder eng mit dem zeitlichen Hintergrund verbunden sind, fällt einem ohne das Wissen über die jeweilige Zeit nicht auf.
Dadurch bleiben die Bilder steif und unbewegt, sagen nicht mehr aus, als die Farben auf dem Papier, der Leinwand oder anderem Material darstellen. Nur Motive ohne Hintergrund. Der Zutritt zu den eigentlichen Bedeutungen bleibt einem versperrt, man kann noch so lange vor dem Bild stehen. Die Atmosphäre, die ein Bild vermittelt, wird viel stärker, wenn man sich davor eingehend mit den kulturellen Merkmalen der Entstehungszeit auseinandergesetzt hat. Das verstehe ich. Deswegen raffe ich mich heute dazu auf, die Vorlesung doch zu besuchen.

Der Professor zeigt uns Bilder, die er auf die große weiße Wand projiziert. Die meisten davon kenne ich, kann mich aber nicht so recht dafür begeistern. Meine Vorliebe gilt dem Surrealismus, der dem, was ich male, ganz fremd ist. Meine Bilder sind real, wollen nicht das Abweichende, sondern gerade das Alltägliche zu Papier bringen.
Der Surrealismus jedoch sprengt die Enge zwischen dem, was das Auge sieht und dem, was das Kunstwerk zeigt. Normale Dinge sind in einen surrealen Zusammenhang gerückt.
Ich denke an mein Bild, das ich nach dem Vorbild von Magrittes Reiseerinnerungen eingefroren habe. Zu Stein geworden und unbewegbar, unverrückbar. Das, was einst von jemandem erlebt wurde, kann nicht verändert werden. Wie Stein, so starr, versteinert, es kann ihm keine Farbe eingehaucht werden. Dahinter aber tobt das Jetzt, kümmert sich nicht um die Steine. Manchmal liegen sie im Weg, aber

sie werden nicht weggeräumt. Wen die Steine stören, der muss selbst nach Wegen rundherum suchen und wenn er keine findet, kann er nicht vorbei und wird für immer hinter starren Erinnerungen bleiben.
Der Professor redet sich in Rage, schreibt Kreise in die Luft und deutet wild auf die Bilder, die er vorne präsentiert, als hätte er sie gemalt. Dabei hat er vom Malen keine Ahnung, er lässt lieber andere die Kunst machen, die er danach zu einer solchen erklärt. Kunst ist, was jemand zu Kunst macht. Das hab ich schon immer gedacht. Meine Zeichnungen sind nur Versuche, etwas auszudrücken und ohne Worte zu erklären. Ich habe schon lange nichts mehr gemalt, in letzter Zeit sind auch die Portraits weniger geworden.
Erst beim Zeichnen sieht man jemanden richtig an, ist mir einmal aufgefallen. Man entdeckt mit den Augen eines Künstlers viel mehr als mit den eigenen. So viele Dinge gibt es, die nur auf einem Bild zum Ausdruck kommen, indem sie dort hervorgehoben werden. Man muss darüber nachdenken, wer vor einem sitzt, wenn man ihn zeichnet. Vielen fällt das schwer. Ich mag nichts mehr, als jemanden genau zu betrachten. Wie jede einzelne Linie einen Strich am Papier ergibt und dann nur aus Linien ein Gesicht entsteht, das lachen oder ernst schauen kann. Dem Gesicht am Papier bleibt bis zuletzt jede Möglichkeit offen, wenn es sich entschieden hat, muss es für immer diese Mimik beibehalten. Man kann damit Gesichter für immer glücklich machen, aber auch für immer böse. Die Macht dazu liegt nur bei mir und dem Stift, der aus gebleichten Holzfasern einen Kopf und ein neues Leben schnitzt.
Manchmal bin ich selbst davon fasziniert, wie schnell auf einem leeren Blatt etwas entstehen kann, das ein solches Eigenleben besitzt wie das Original. Es muss dem Original dabei nicht einmal ähnlich sehen. Phantasiewesen entstehen auf Papier genauso schnell wie echte Menschen. Ich kann jedes Ding erfinden, das mir gerade vor Augen schwebt, muss es nur nehmen und auf den Zeichenblock drücken, um

es dort festzuhalten und jederzeit wieder betrachten zu können.

✡✡✡

„Ritratto?"
„Sì, per favore."
„Solo il bambino?"
„Sì. Luca, dai, facciamo il ritratto."
Das Kind wurde vor mich auf einen kleinen Hocker gesetzt. Dort blieb es sitzen, bis es wieder aufstehen durfte. Ich ließ meinen Blick über das Gesicht des Jungen gleiten, versuchte sein Aussehen in mir aufzunehmen, um es auf dem Papier wiedergeben zu können. Neben mir lag eine Schachtel voll mit Kreiden, alle schwarz. Ich griff nach einer, hielt sie in einigem Abstand zum Papier und ließ dann meine Augen eine Schablone für sein Gesicht zuschneiden, um die Kreide zu leiten. Ein Schwung nach links, die Nase. Kindernasen sind immer sehr klein. Nur die Augen sind fast so groß wie Erwachsenenaugen. Und die Ohren. Hin und wieder sind Kinderohren überdimensional groß, ich staune jedes Mal, wenn ich sehe, wie groß Ohren von Kindern sein können. Der Junge wurde unruhig, er war es nicht gewohnt, still sitzen zu müssen und schon gar nicht war er gewohnt, dass er dabei von jemandem angestarrt wurde.
„Dai, Luca, solo un attimo."
Er hielt durch. Dann blickte er mir vom Papier entgegen und ich konnte meinen Namen unter das Portrait kritzeln. Der Geruch von Spray stieg mir in die Nase, als ich die Kohle fixierte und das Bild des Jungen zwang, auf dem Papier liegen zu bleiben. Dann hob ich das Bild vorsichtig hoch und hielt es dem Jungen und seinem Vater entgegen, damit sie sehen konnten, was mein Stift produziert hatte.
„Che bello."
Der Junge schien weniger beeindruckt. Er zerrte an der Hand seines Vaters, um ihn zum Weitergehen zu bringen. Der Vater wurde zornig, nahm den Jungen an der Hand und

hielt ihn fest, während er mir das Geld gab. Dann machten sie den Platz frei für andere Leute, die zwar anders aussahen, dennoch viel Ähnlichkeit mit denen davor hatten.
Bald kannte ich sie alle. Ungarn, Deutsche, Österreicher, Italiener. Ich lernte bald die wichtigsten Wörter auf Ungarisch, die anderen Sprachen bereiteten mir meistens keine Probleme. Ein Profil zu zeichnen dauerte zehn Minuten, dann das nächste und immer so weiter, den ganzen Abend lang, während Massen an mir vorbeiströmten und ihre Ferien genossen.
Es war heiß und wenn weniger los war, ging ich ins Lokal gegenüber und bestellte mir Cola mit Zitrone oder eiskaltes Mineralwasser, das ich sofort austrank. Dann musste ich wieder zurück, weil ich meine Sachen nicht lange alleine lassen konnte. Die Halterung, auf der mein Zeichenblock befestigt war, war nur aus Holz und sehr wackelig, aber ich wollte keine neue kaufen. Diese hatte ich selbst gemacht, auf ihr hatte ich die ersten zehn Euro mit einen Portrait verdient.
Im Juli und August konnte ich ganze Abende ununterbrochen zeichnen, die Leute strömten nur so herbei, um ein Portrait mit nach Hause zu nehmen.
Manche zwangen ihre Kinder, sich auf den Klappstuhl zu setzen, manche zwangen ihre Ehefrauen oder sie setzen sich freiwillig vor mich hin.
Anfang September nahm ich meinen großen Koffer, packte alles hinein und fuhr nach Hause. Zu dieser Zeit stapelten sich die Geldscheine meistens schon in meinem Zimmer. Zehn Euro pro Portrait, so viele Zehneuroscheine hatte ich davor noch nie gehabt.
Der Alltag schlug mir jedes Mal entgegen, wenn ich in Österreich aus dem Zug stieg. Fast immer regnete es, obwohl Hochsommer war. Es schien, als ob mich der Regen wieder zu Hause begrüßen wollte.

✪✪✪

Jetzt langweilt mich manchmal sogar das Zeichnen. Kann keine Tage mehr mit dem Zeichenblock verbringen, ohne dass ich ihn irgendwann zur Seite lege und vor ihm flüchte. Fast immer dann, wenn sich der Stift weigert mir zu gehorchen oder gar nichts tun will, weil Ruhe ihm noch lieber ist als Zeichnen.

Die Vorlesung ist aus. Hab wieder alles nur verschlafen und nicht zugehört. Hab wieder nur davon geträumt, wie früher einmal etwas war.

8

„Haben Sie einen Moment Zeit? Ich wollte etwas mit Ihnen besprechen."

Der Professor aus einer Übung hält mich auf. Er will mit mir reden, weil ich schon seit ein paar Wochen nicht mehr in seine Stunden komme.

„Gibt es einen Grund für Ihr Fernbleiben?"

„Ich hatte in der letzten Zeit viel um die Ohren."

„Wenn Sie Probleme haben, Sie wissen, dass ich dafür Verständnis habe, aber ich denke nicht, dass Sie das Semester schaffen können, ohne in die Übungen zu gehen."

Er sieht mich unter seiner Brille hervor an. Seine Haare sind weiß und seine Brille ist sehr dick. Fast so dick, dass ich seine Augen nicht sehen kann.

„Es tut mir leid", sage ich zögernd.

„Sie haben großes Talent, verschwenden Sie das nicht", warnt er mich.

Ich will davonlaufen und mich seinen Anklagen nicht stellen, die keine Anklagen, sondern nur nette Worte sind.

„Ich werde mich bemühen, in nächster Zeit wieder öfter in Ihre Übungen kommen zu können."

Ich gebe mich geschlagen, lass ihn nichts mehr sagen, sondern verlasse das Gebäude.

„Danke für Ihr Verständnis."

Höflichkeit ist mir wenigstens noch geblieben. Draußen laufe ich ein Stück durch den Park neben der Uni. Die Wolken sind verschwunden, am Himmel zieht nur noch ein großes Stück blauer Stoff vorüber. Vögel schweben wie Drachen über den Bäumen, werden vom Wind hin- und hergetrieben. Die Uni hat vorher auf mich so erdrückend gewirkt, dass ich nun froh bin im Freien zu sein. Besonders das Gespräch mit dem Professor war sehr überraschend. Ich hatte nicht gedacht, dass er mich wirklich wegen meines Fernbleibens ansprechen würde, hatte nicht einmal geglaubt, er würde es bemerken oder sich darüber Gedanken machen. Ich weiß nicht, ob ich es morgen schaffe, in seine Übung zu gehen. Das Thema ist eigentlich kein besonderes, wir sitzen meistens nur im Kreis zusammen und besprechen, welche Projekte wir gerne machen würden und wie wir sie am besten machen. Vor vier Wochen hatte der Typ mit den langen Haaren eine Fotoserie begonnen, verschwommene Kreise, seine Freundin. Der Professor war begeistert davon. Sah viel Potential in diesem Thema. Der Typ mit den langen Haaren stürzte sich ganz fanatisch in diese Aufgabe.

Ich saß nur zögernd daneben und lauschte den Erklärungen zu jedem Foto. Verschwommene Kreise, mit einem alten Fotoapparat gemacht, auf ein Stück Karton geklebt. Ein schwarzer Stift malt etwas darüber, rundet sein Projekt zu einem Kunstwerk ab.

In einem Monat ist die große Ausstellung an der Uni, bei der jeder seine Arbeiten präsentieren darf und sich selbst gleich mit dazu. Ich kann keinen klaren Gedanken fassen, was ich für die Ausstellung machen will, noch, ob ich überhaupt etwas machen werde.

Das alles fällt mir auf den Kopf, will ihn hinunterdrücken. Doch steck ich meinen Kopf noch lange nicht in den Sand, hab alles immer noch in der Hand und nichts geht schief, auch wenn sich alles aufzulösen droht. Morgen in der Übung will ich mich bemühen, wieder mit der Begeisterung dabei zu sein, die mich am Anfang des Studiums immer begleitet hatte.

Ich war fasziniert davon, wie viel man hier aus etwas machen konnte, das ich davor nur dazu benutzt hatte, während meines Urlaubs Geld zu verdienen. Sommer, Sonne, Strand und Meer kamen damit näher und ich dem Wunsch entgegen, immer und auch des Studiums wegen zu zeichnen. Nun ist sie weg, diese Begeisterung und ich weiß nicht, wohin sie gegangen ist, sonst hätte ich sie schon zurückgeholt.

Zu Hause versuche ich, mich zu konzentrieren, was schwierig ist, weil ich immer wieder an das Wochenende denken muss. Also konzentriere ich mich schließlich darauf. Hol wieder das steinerne Bild hervor, betrachte es lange und denke darüber nach, ob es denn nun falsch war, einem Gefühl nachzugeben, nachzugehen und dann ihr zu folgen.
Da ist noch immer etwas, das ich tief in mir spüre und das ihr gehört. Hab's ihr noch nicht zurückgegeben und sei's nur Freundschaft oder Liebe, das sei egal. Kann jemals etwas glücklich enden, das davor schon traurig war? Doch schön war's schon, sie wiederzutreffen.
Kann keinen meiner kleinen Freudensprünge leugnen, als dieser suchende Blick das findet, was er seit Jahren nicht gefunden hat.
Die blauen Augen und Gefühle, aus dem Schlamm herausgeholt. Nicht besonders schmutzig, nur verstört und eingeschüchtert, aber nicht scheu genug, um nicht einen neuen Versuch zu riskieren. Kläglich gescheitert, Gefühl am Scheiterhaufen mitverbrannt. Das kehrt nicht wieder, das kehrt nicht wieder Dreck in meine Welt.

9

Ich schaffe es wirklich, früh genug aufzustehen und mit dem Rad zur Uni zu fahren. Riva läuft neben mir her, springt glücklich um Bäume herum und begleitet mich. Es ist nicht kalt draußen, aber der Morgenwind lässt mich frösteln. Am Radweg befinden sich nur wenige Leute, die meisten sind mit dem Auto unterwegs oder lassen sich von U-Bahnen, Straßenbahnen oder Bussen in die Stadt bringen. Die Frühlingsluft ist getränkt mit etwas Schwerem, das von Abgasen stammt. Ich kann mir nicht vorstellen, mit dem Auto durch Wien zu fahren, wo ein Kampf um jede freie Stelle auf der Straße herrscht und Schlangen hier nicht kriechen, sondern sich gegenseitig bekämpfen, um für sich mehr Platz rauszuschlagen. Ein großes Wettrennen, wo jeder gegen jeden antritt und es am Schluss mehrere Sieger gibt. Gewonnen hat, wer am rücksichtslosesten ist, wer Rücksicht ohne Sicht auf andere hinter sich gelassen hat und nach vorne gerast ist.

Mein Fahrrad hat nur drei Gänge, deswegen bin ich außer Atem, als ich vor der Uni ankomme. Riva bellt, als zwei Leute sie streicheln wollen. Ich ziehe sie von ihnen fort, werfe den Leuten keinen entschuldigenden Blick zu. Riva kann selbst entscheiden, von wem sie sich streicheln lässt und wen sie anbellt.

Es ist kurz vor halb zehn, die Übung hat noch nicht begonnen, aber ich beeile mich trotzdem, in den ersten Stock des Gebäudes zu kommen. Breite Treppen, auf denen mir eine Gruppe von Studenten entgegenkommt. Ich weiche ihnen aus, ziehe Riva, die nun an der Leine geht, hinter mir her, schleiche mich an den Leuten vorbei und dann stehe ich vor dem Raum, den ich seit ein paar Wochen nicht mehr betreten habe. Es riecht genau wie immer, aber doch anders. Jemand hat mit Lack gearbeitet, die scharfen Dämpfe schweben noch in der Luft und schlängeln sich durch meine

Nasenlöcher. Sie kitzeln mich und ich will sie rausniesen, lasse sie dann aber doch in Ruhe.
Ich setze mich an einen Tisch im hinteren Teil des Raumes. Riva legt sich neben meine Füße. Sie ist zufrieden, nachdem der Weg zur Uni ziemlich weit war und sie sich genug austoben konnte. Sie legt den Kopf auf ihre Pfoten und schaut unter trägen Lidern durch den Raum. Der Typ mit den langen Haaren sitzt schon an seinem Platz und raucht. Hier darf man rauchen, weil es mit den Vorschriften niemand so genau nimmt. Eine Künstlerfreiheit sozusagen. Die Blonde mit der Brille starrt mich an, als sei sie eine Glaspuppe, deren Augen unbeweglich sind.
„Was Interessantes gemacht in letzter Zeit?"
Ich versuche, unbeschwert zu klingen, bemerke aber, dass ich kein Teil ihrer Gruppe mehr bin. Die Antworten sind unverbindlich, keiner lässt sich auf ein längeres Gespräch mit mir ein, keiner interessiert sich dafür, wo ich war. Dann stürmt der Professor herein, nickt mir anerkennend zu, dass seine Worte gestern auf fruchtbaren Boden gefallen sind und ich nicht die bodenlose Frechheit besitze, schon wieder nicht zu erscheinen.
„Wie geht es mit euren Arbeiten voran? Lotte, gibt es Probleme mit der Leinwand?"
„Ich hab gestern die Grundierung noch einmal übermalt, die Farbe entsprach meinen Vorstellungen nicht."
„Gut, dann lass sie trocknen. Fritz, wie weit bist du mit dem Kellerprojekt?"
„Wird schwierig, die Besitzer haben mir den Zutritt verboten, werd mich nach einem anderen Keller umsehen."
Ich merke, wie ich abdrifte, wie mich das immer weniger interessiert. Aber gleichzeitig steigt auch ein Gedanke in mein Bewusstsein, der zu einer Vorstellung davon wird, was ich zur Übung beitragen will. Schon jetzt weiß ich, dass der Professor davon begeistert sein und mich unterstützen wird. Begeisterung erreicht mich wieder, will schon jetzt damit anfangen, meine Idee in die Tat umzusetzen. Doch lange hält das Gefühl nicht an.

Der Professor hat mit allen Teilnehmern der Übung ein paar Worte gewechselt, steht jetzt vor mir und schaut mich zweifelnd an, will wissen, ob ich schon weiß, womit ich mich die nächsten Wochen beschäftigen werde. Ich lächle, bin schon weg aus diesem Raum und fast vor meinem Zeichenblock.
„Ich hab eine Idee“, sage ich.
Er nickt, freut sich, dass ich wieder zu seinen Studentinnen zähle. Ich weiß, dass er mich mag, er war auch derjenige, der mich zum Studium zugelassen hat.

✡✡✡

„Zeichnen kannst du jedenfalls nicht“, sagte der, der meine Leistungen prüfen sollte, mich aber anscheinend nicht an seiner Universität haben wollte.
„Das sind doch nur Portraits, hast du nichts Kreatives in deiner Mappe?“
Prüfend blätterte er sich durch die Mappe hindurch, verwarf meine Träume, machte sie zu nichts als Zetteln, die im Luftzug flatterten.
„Lass schauen, was du sonst noch hast.“
Ich übernahm die Führung, zeigte ihm Bilder, die schon vor Jahren entstanden waren. Grelle, helle Bilder, von schwarzen Balken umrandet. Er nickte.
„Sonst noch was?“
Erneut musste ich ihm beweisen, wie und ob ich geeignet war, in den Genuss seiner persönlichen Aufsicht zu kommen.
„Das wird nichts, fürchte ich. Sie haben ja überhaupt kein Talent.“
Je ehrlicher er zu mir war, desto mehr wünschte ich, er würde es nicht sein. Er sollte seine Gedanken nur für sich behalten, ich wollte nicht wissen, was er dachte. Das sollte meine Sache bleiben, ob ich zeichnen kann. Wütend schnaubte ich ihn an: „Dann eben nicht.“

Packte die Mappe, verstaute meine Zeichnungen darin und wollte schon das Zimmer verlassen, als ein anderer Mann hinter mir stand.
„Bleiben Sie noch einen Moment“, sagte er.
Er hatte mir die letzten Minuten über die Schulter gesehen.
Der Professor, der die Art meiner Zeichnungen so absolut abgelehnt hatte, drehte mir den Rücken zu und kümmerte sich wieder um seine eigenen Angelegenheiten. Was ich hier tat und ob ich blieb, war ihm egal.
„Lassen Sie mich Ihre Mappe durchsehen?“
Ich nickte, die Wut verrauchte, als erneut meine Bilder vor mir lagen. Zuerst Portraits von Leuten, die ich einmal gekannt hatte. Dann die grellen Farben, sogar jetzt blendeten sie mich noch. Genau das Gefühl, das ich damit ausdrücken wollte.
„Sehr schön.“
Er nickte mir zu. Wie schlecht und schön etwas gleichzeitig sein konnte. Nicht ganz verstand ich, was das sollte, nicht ganz war klar, was er mir sagen wollte. Der andere Professor kehrte mir noch immer den Rücken zu. Er dachte, dass er mich nie wieder hier im Gebäude sehen würde. Einmal abgewiesen zu werden war genug und für ein Künstlerherz zu viel, er war sich sicher, dass ich mein Glück nicht noch einmal hier versuchen würde. Doch hörte er auch die Worte des anderen Professors, der sich erbarmte näher hinzusehen. Wie schön und gut er meine Arbeiten fand.
„Wer sind diese Leute?“
Er klang sehr nett. Für ihn war klar, was er zum Abschied sagen würde.
„Die habe ich irgendwann einmal irgendwo gesehen, manche habe ich auch gekannt. Es gibt doch nichts Besseres, als jemanden durchs Zeichnen kennen zu lernen, zu begreifen, wie jemand wirklich ausschaut und dabei so viel von seinem Charakter mitzunehmen.“
„Mir gefallen Ihre Arbeiten. Würden Sie gerne zum Aufnahmetest im September kommen?“

Seine Hand war groß und warm, als er sie mir zum Abschied reichte.
„Im September sehen wir uns wieder. Ich bin mir sicher, dass wir auch bald in den Kursen zusammenarbeiten werden."
Er zwinkerte mir unter seiner Brille hindurch zu.
Wie froh ich war, als ich die Uni verließ, um in zwei Monaten wiederzukommen. Nun war ein großer Schritt getan, um das zu erreichen, was ich wollte. Damals zumindest.

✡✡✡

„Ich würde gerne meine Portraits weiter ausbauen, mit Fotografie verbinden. Fotos von Zeichnungen machen und Fotos zeichnen. Und dann miteinander verbinden, eine Hälfte Hochglanz, die andere schwarz-weiß mit Kohle."
„Klingt interessant. Ich wusste, dass Ihnen etwas einfallen würde."

Jetzt sitze ich im feuchten Gras im Hof und lasse Sonnenstrahlen meine Wangen streicheln. Riva läuft vor mir herum, springt Bienen nach, kommt wieder zu mir, stupst mein Bein mit der Schnauze an und bittet mich, mich auch zu freuen.
Hier blüht und summt es schon. Mein Rücken an einen Baumstamm gelehnt, beobachten und nichts denken. Das harte Holz an meinem Rücken ist sehr uneben, das Gras ist umso weicher.
Hab meinen Kopf zurückgelehnt und schaue in den Himmel. Wie weiß und weit entfernt Wolken treiben, können jederzeit verschwinden. Dann schau ich rüber zu den Holzbänken, die der Sonne entgegen gerichtet sind, sehe zu, was hier geschieht. Künstler, Künstlerinnen und solche, die das erst werden wollen, im hellen Sonnenschein nebeneinander, wie Vögel auf einem Zaun. Jederzeit zum Abflug bereit. Die hier sind bereit, emporzusteigen und

Ruhm mit sich in die Lüfte zu nehmen. Ich bleibe hier am Boden, bin unbeteiligt und schaue nur.
Der andere Baum mir gegenüber bietet seinen Stamm noch leer und unbesetzt als Lehne an, wartet, ob jemand sein Angebot annimmt. Da muss er lange warten. So viele hier wollen lieber zurechtgeschnittenes Holz in Form von einer Bank, mit dem Baumstamm, dessen Blätterdach noch lebt, können sie nichts anfangen.
Irgendwann lässt sich dort doch eine Gruppe von Studenten nieder, sie packen Bücher aus und beginnen darin zu lesen. Ich will nicht darüber nachdenken, was sie lesen und ob es sich dabei um Uni-Pflichtlektüre handelt, die sich auch in meiner Tasche wiederfinden sollte. Dort befindet sich nichts außer meinem Handy, Geld und den Schlüsseln.

⑩

Ich muss kurz eingeschlafen sein, denn plötzlich stehen schwarze Schuhe dicht vor mir.

„Der ist ja süß!"

Schwarze Schuhe, Jeans, ein schwarzes T-Shirt und einen Hals weiter oben trifft mein Blick auf grüne Augen. Sehr jung sind diese noch. Lächelnd beugt sie sich zu Riva. Die liegt neben mir und döst, hebt nur kurz ihren Kopf, um sie zu begrüßen, die nun auf meiner Höhe ist.

Noch immer sind die Augen grün. Von kleinen dunklen Wimpern eingerahmt, in die ich mir glitzernde Wassertropfen wünsche. Ihre Haare hat sie zusammengebunden, vorne sind sie kurz und schräg und links, da hängen sie bis zu den Augen. Die nun auf Riva gerichtet sind. Ich sage, weil ich etwas sagen muss, dass Riva eine Hündin ist und Riva heißt. Ihre Aufmerksamkeit gilt nur dem Hund. Ich bin egal, bin nicht der Grund, warum sie hier kniet. Hab alle Hoffnung bereits weggewischt, dass sie auch mich so ansehen könnte.

„Wie alt ist sie denn?"

„Ich hab sie seit zwei Jahren, hab sie aber aus dem Tierheim geholt."

Eine schreckliche Geschichte über Tieresqualen wird erneut erzählt und Mitleid breitet sich in ihrem Gesicht aus. Noch immer kniet sie dort und schaut sich meine Hündin an. Ob sie davon je etwas ablenken kann? Doch dann setzt sie sich neben mich, will noch mehr Geschichten über meine Hündin hören.

Aus der Nähe sieht sie nicht mehr ganz so jung aus und ich bin mir sicher, dass sie älter ist als ich. Kleine Fältchen breiten sich um ihre Augen aus, wenn sie diese zum Schutz vor der Sonne zusammenkneift, was sie sehr häufig tut. Sehr interessiert ist sie. Wenn sie redet, versuche ich, nicht auf

ihren Mund zu starren, der sich sanft geschwungen bewegt. Ihre Oberlippe ist dünner als die Unterlippe.
Jetzt sehe ich, dass kleine gelbe Sprenkel in ihren Augen sind, die in der Sonne leuchten.
Sie kommt aus Wien, das hör ich. Aber trotzdem spricht sie schön, hat nicht diesen unausstehlichen Dialekt, bei dem man sich am liebsten die Ohren zuhalten würde.
„Studierst du auch hier?“
„Grafikdesign, und du?“
Hab sie noch nie zuvor gesehen, dieses dunkelhaarige Mädchen, das neben mir sitzt und erzählt.
„Nächstes Semester will ich in einem anderen Land studieren. Mir geht das hier alles schon so auf die Nerven. Immer die gleichen Leute, die man täglich trifft, immer die gleiche Stadt.“
„Wohin willst du denn?“
„Vielleicht nach Holland oder Irland oder Spanien, ich bin mir noch nicht sicher.“
Irland und die Schafhirtin, ob sie noch immer davon träumt in ihrem Secondhand-Laden, in dem sie mit ihrer Freundin steht und Leuten altes Gewand verkauft? Die Schafhirtin, die ich nie mehr sehen will, kaum vorstellbar war das damals gewesen, dass sie weg war und nicht mehr anrief, nicht einmal eine Karte schrieb, wo sie gerade war. Ich hatte keine Postkarten, die meine Gedanken mit Bildern ergänzt hätten. Ich hatte keine Ahnung, wo sie war, nur, dass sie nicht mehr da war.
Dann war sie wieder da, ganz plötzlich und so ungeheuer nah, als ich in der Nacht bei ihr lag und sie mich um den Schlaf gebracht hat. Doch nun will ich sie nicht mehr sehen und alle Signalwörter vergessen, die eine Erinnerung an sie auslösen. Was hat auch Irland mit ihr zu tun, die mich schon wieder so verletzt hat?
„Warst du schon mal dort?“
„In Spanien schon öfter, in Irland noch nie und einmal in Amsterdam. Auch eine sehr nette Stadt, die nicht so

festgefressen in ihren alten Ordnungen und Regeln ist wie der Rest Europas."
„Na ja, an Drogen kommt man hier genauso leicht ran, glaub ich."
Ich verstehe nichts. Sie erklärt, was mir erklärt werden muss.
„Ja, das schon", lacht sie. „Aber das hab ich jetzt eigentlich gar nicht gemeint. Ich hab da eher an die Einstellung gedacht, die dort nicht so konservativ ist wie hier. Ist doch echt unglaublich."
Riva ist aufgesprungen und schnuppert an ihren Beinen. Die hat sie angewinkelt. Sie lächelt mich an, dann streckt sie Riva ihre Hand entgegen, damit sie auch daran schnuppern kann.
„Ich glaub, sie mag dich ziemlich gern."
„Sie ist ja so süß!"
Dass sie auch gerne einen Hund hätte, erzählt sie mir, aber dass sie sich keinen leisten kann, weil sie keinen Job hat und nur studiert und außerdem ein Motorrad hat, das Geld in sich hineinfrisst und nie wieder hergibt.
„Außerdem ist meine Wohnung zu klein für einen Hund."
„Ich hab eigentlich auch nur ein Zimmer, aber Riva muss nicht alleine in der Wohnung auf mich warten. Sie darf überallhin mit mir mitgehen."
„Auch in die Vorlesungen?"
Davon, dass ich lange nicht in Vorlesungen war, erzähle ich nichts. Auch nicht, dass oft schon ein Gedankenspiel darüber stattgefunden hat, ob ich das Studium abbrechen und lieber etwas Sinnvolles machen soll.
„Klar, da liegt sie dann neben mir und wird zu einer großen Kunstkennerin ausgebildet."
„Ein sehr intelligenter Hund also."
„Wie lang studierst du denn schon?"
„Drei Jahre, bin aber noch nicht besonders weit gekommen. Die verlangen ziemlich viel und ich hatte da auch das eine oder andere Tief."
Sie sieht mich vielsagend an. Ob ich ihr sagen kann, dass ich dieses Gefühl kenne und manchmal auch nicht weiß, was das bringen soll? Das kann ich ihr bestätigen.

„Früher hat mir das Zeichnen noch richtigen Spaß gemacht. Aber jetzt wird es immer mehr zur Qual. Immer soll man sich etwas einfallen lassen, egal, ob's einem gut geht oder schlecht und ob man gerade Lust auf Zeichnen hat."
„Ich kenn das, ist bei uns nicht anders. Die wollen immer neue Ideen."
Und können nicht verstehen, dass so was eben nicht geht.
Ich erzähle ihr von meinem Nebenjob als Kellnerin und dass ich manchmal in einer Bar aushelfe, wenn dort Feste sind. Dann wird meine Hilfe gebraucht und ich brauche das Geld, um mir ein Studium leisten zu können. Und Riva und die Wohnung. Billig ist das nicht. Denn Riva frisst und frisst und muss zum Arzt und muss geimpft werden und will überhaupt nicht verstehen, was Geld eigentlich ist. Dünne Scheine, die würde sie auch fressen, wenn sie Hunger hätte. Keinen Wert hat Geld für sie.
„Wie heißt du?", frage ich, nachdem wir eine Weile geschwiegen und wieder Sonne in uns aufgenommen haben.
Julia heißt sie, die mit den grünen Augen.
„Hast du Lust auf ein Eis?"
Sie hat nicht vor, von hier wegzugehen, nun, da sie den Platz neben mir eingenommen hat. Will sie noch bleiben, um mit mir zu reden?
„Gern", sage ich.
Dann steht sie auf und ist verschwunden, doch ihr Verschwinden dauert nur Sekunden. Mit einer Tüte Eis in jeder Hand setzt sie sich wieder ins Gras, mir gegenüber dieses Mal. Langsam schmilzt das Eis in meinem Mund, die Sonne leistet starke Arbeit, sodass das Eis auch bald in meiner Hand zu schmelzen beginnt. Wir sitzen einfach nur so da, sagen nichts und schweigen, doch lass ich meine Blicke Kreise machen, um immer wieder zu ihr zurückzukehren. Sie hat schöne kleine Hände. Dann ist das Eis gegessen und Macht der Konversation baut neue Steine aufeinander, die einander Halt geben. Wie bei Magritte. Ob sie Surrealismus mag?
„Ich muss jetzt los", sagt sie dann.

Ich bin enttäuscht sie gehen zu sehen, will sagen, dass sie noch bleiben soll. Aber am Himmel ziehen schon die ersten Wolken auf, es wird bald zu regnen beginnen. Ich sollte mich auch beeilen, nach Hause zu kommen.
„Ich sollte mich auch beeilen, es wird sicher bald regnen."
„Sehen wir uns wieder?"
Komm mit zu mir, dann brauchen wir ein Wiedersehen nicht erst verschieben.
„Ich hoffe schon", sag ich.
„Na, gibst du mir deine Telefonnummer?"
Sie ist ein bisschen verlegen geworden, das merkt man daran, wie sie mich anschaut. Ein Zettel wird mit Zahlen beschrieben und weitergereicht, von ihr eingesteckt und verschwindet, ich hoffe, dass er dort verschwindet, wo er bald wieder herausgeholt wird. Ob sie mich wirklich anruft? Ob ich sie wirklich wiedersehen werde?
„Riva, komm, wir müssen gehen."
Julia will sich noch von ihr verabschieden. Hat den Hund tatsächlich sehr ins Herz geschlossen und ich sie dafür, dass sie Tiere mag. Dann geht sie, ich schau ihr lange nach, bevor auch wir ihr nachgehen, nach draußen, wo mein Fahrrad steht. Schon sind die Wolken mehr geworden, haben von anderen Wolken Verstärkung bekommen, die extra produziert worden sind, um den blauen Himmel zu verstecken. Es ist schon nach fünf, ich muss noch einkaufen, hab nichts zu essen zu Hause.
Riva läuft wieder neben mir her, übermütig springt sie in der Wiese herum, bleibt stehen, rennt mir nach. Ich fahre, so schnell es geht, nach Hause, wo ich mein Fahrrad in den Keller bringe. Riva hechelt, hat Durst und Hunger und will auf ihrer Decke liegen.
Nachdem ich eingekauft habe, esse ich vor dem Fernseher, will mich von fremden Stimmen unterhalten lassen, will fremde Fernsehfamilien in meinem Zimmer haben. Dann frag ich mich, wie viele Minuten ein Handy still bleiben kann, wenn man jemandem seine Telefonnummer gegeben hat.

11

Sie ruft noch am selben Abend an, fragt, ob ich bei ihr vorbeischauen möchte. Ihr ist langweilig und sie wünscht sich jemanden bei sich. Dass die Person, die sie gern bei sich hätte, ich bin, verschweigt sie nicht. Sagt einfach, dass sie mich gern wiedersehen möchte, am besten heute. Ob ich Zeit habe? Ob ich sie auch sehen will? Da braucht es keine Überlegung, bin schon bereit gleich loszufahren, am besten schon bei ihr zu sein. Ich überlege, was es noch zu überlegen gibt. Ob Riva gern alleine bleibt heute Abend? Jetzt liegt sie träge auf ihrer Decke, schläft und keucht dabei, wie jemand der nicht ohne zu schnarchen schlafen kann.

„Nimm sie mit", sagt Julia.

Mit Riva an der Leine steige ich in die Straßenbahn ein, die mich zur U2 bringt. Sie wohnt am Donaukanal, am Stadtplan nicht sehr weit von mir entfernt. Doch weil nicht nur die Straßenbahnen, sondern auch die U-Bahn gerne nicht direkte Wege fahren, vergehen viele Minuten, bis ich vor ihrem Haus stehe. Es hat schon wieder aufgehört zu regnen, aber die Luft riecht immer noch sehr feucht. Auch der Boden ist nass und Rivas Pfoten sind schmutzig, als wir die Treppen nach oben steigen. Braune Stellen bleiben auf den Steinen zurück. Kein Halten gibt es, als die Tür geöffnet wird, vor der wir stehen. Wie wild rennt Riva in die Wohnung, trägt Dreck und Wasser mit hinein, macht den Boden dreckig. Wie ein ungezähmter Löwe stürmt sie rein, kennt keine Scheu vor fremden Sachen, fühlt sich überall sehr wohl.

„Schön, dass du da bist", sagt Julia.

Sie zeigt mir zuerst ihre Wohnung. Eine Küche, ein Vorzimmer, Schlafzimmer und Wohnzimmer in einem, Bad und Toilette. Wirklich nicht groß, aber schön. Überall hängen Fotos an den Wänden, von Leuten, von Julia oder von Orten.

„Hast du die gemacht?“
„Ja, die meisten irgendwann im Urlaub.“
Sie zeigt auf ein Bild von einem Rentier.
„Hier war ich in Skandinavien.“
„Wo du schon überall herumgekommen bist.“
Ich staune, mag die Art, wie sie den Raum in Wohn- und Schlafbereich unterteilt hat.
„Entwickelst du die Fotos selbst?“
„Manchmal, aber meistens lasse ich sie dort entwickeln, wo es gerade eine Aktion gibt.“
Sehr hilflos steh ich dann im Raum, hab keine Ahnung, was ich tun soll. Meine Hündin hat mit ihrem Verhalten weniger Probleme, hat sich auf den Teppich gelegt und ist dort eingeschlafen. Doch ich steh hier vor Julia und das Monster, das sich längst hervorgewagt hat aus seinem Versteck, flüstert mir ins Ohr, was ich zu tun habe, um es zufrieden zu stellen. Will nur, dass dieses Monster schweigt, kann seinen Aufforderungen nicht folgen. Schon wieder niemand hier, der sagt, was richtig oder falsch ist. Muss wohl alleine meine Fehler machen oder doch das Richtige tun.
„Wenn du magst, mach ich für uns Cocktails“, sagt Julia und lässt mich stehen, während sie in der Küche verschwindet.
„Soll ich dir helfen?“
Schon steh ich wieder hinter ihr. Fang tausend Düfte ein, die sie verströmt. Sehr unbekannt und wunderschön sind die. Gemeinsam schneiden wir Limetten, sie zerkleinert Eis, wirft es auf die grünen Früchte und den Zucker im Glas und leert eine Flüssigkeit dazu. Dann sind die Cocktails fertig und wir gehen wieder ins Wohnzimmer.
Eine kleine Couch steht dort, wo sie und ich beisammen sitzen und ich die Verlegenheit schon hinter meinem Rücken spüren kann. Sie kommt daherstolziert, bleibt stehen und wartet, ob sie benötigt wird. Verschwindet sie, weil sie nicht gebraucht wird, kommt sie her, weil sie die heiße Luft zwischen uns füllen will? Im Hintergrund höre ich Musik, die ich nicht kenne. Irgendetwas Englisches, BritPop. Klingt nicht schlecht. Nur höre ich viel lieber ihre Stimme, die sagt:

„Warst du entsetzt, als ich dich nach deiner Telefonnummer gefragt habe?"
Entsetzt wäre das falsche Wort. Erstaunt und stumm vor Freude, nervös und unsicher, was ich davon zu halten habe.
„Warum warst du so sicher, dass ich nicht davonlaufen würde?"
„Das war ich nicht. Ich war mir eigentlich überhaupt nicht sicher, wie du reagieren würdest."
Das Wichtigste ist gesagt, eine Frage ist beantwortet, die nie gestellt wurde. Auch eine Unsicherheit ist verschwunden, macht Platz für neue Gefühle.
„Wie war das bei dir?"
Julia erzählt von früher, wie sie immer schon wusste, dass etwas in ihrem Leben anders sein würde als bei ihren Freundinnen. Ich sage, dass bei mir alles etwas komplizierter war.
„Gewusst hab ich's schon, aber ich hatte nie den Mut, es mir einzugestehen. Ich muss die letzten Jahre ziemlich betäubt verbracht haben, jedenfalls bin ich erst vor kurzem aus meiner Betäubung aufgewacht."
„Was haben deine Eltern dazu gesagt?"
Meine Eltern. Wie lange ich die Gedanken an sie schon verdrängt habe.
„Ich habe keinen Kontakt mehr zu ihnen. Sie hatten dafür überhaupt kein Verständnis."
Julia zeigt sich mitfühlend. Sie sagt: „Wie kann man nur eine solche Einstellung haben?"
Darauf weiß ich keine Antwort und auch sonst kann mir keiner eine geben, hab schon lange danach gesucht.
„Aber du kommst nicht aus Wien?"
„Geboren bin ich in einer kleinen Stadt, zweihundert Kilometer von hier entfernt. Kleinstadtgerede verbreitet sich immer am schnellsten und meine Eltern wollten nicht, dass über mich geredet wurde."
Und so wurde über mich geschwiegen und nie ein Wort gesagt.
„Wie alt bist du eigentlich?"

Sie ist dreiundzwanzig.
Der Abend vergeht so spontan, wie er angefangen hat und um zwölf muss ich gehen, um noch heimzukommen. Die U-Bahnen fahren nur bis halb eins. Julia lädt mich für Freitag zu einer Motorradtour ein. Einen Helm habe ich nicht, aber sie hat einen zweiten. Riva folgt mir schwanzwedelnd, als ich aufstehe und meine Jacke hole. Es ist nicht bei einem Cocktail geblieben und meine Wangen sind gerötet, weil es sehr warm in der Wohnung ist und weil sie mich mit ihren grünen Augen schon wieder anschaut.
„Komm gut heim."

Die Straßenbahn ist noch als kleines Licht zu sehen, das schon verblasst, weil sie die letzte Runde in dieser Nacht fährt. Der Betriebsbahnhof hat schon sein Maul geöffnet, um ihr bald das Einfahren zu ermöglichen und sie mit seinen dunklen Gleisen zu verschlucken. Dort wird sie bis morgen früh stehen, sich ausrasten, um die neuen Lasten neuer Fahrgäste auf sich zu nehmen und sie mitzunehmen, doch für heute ist die Fahrt schon bald vorbei. Für mich kein Platz mehr in der Straßenbahn, zu spät bin ich zur Station gelaufen, kann nur mehr dem Licht nachschauen, das sich fortbewegt.
Entweder warte ich auf den Nachtbus oder ich gehe zu Fuß heim. Die Entscheidung fällt mir schwer, wiege Vorteil gegen Vorteil und Nachteil gegen Nachteil ab, trotzdem komme ich zu keinem Ergebnis. Will ich eine Stunde warten oder eine halbe durch die Nacht gehen und dabei riskieren, von ihr oder dunklen Gestalten verschluckt zu werden?
Ich entscheide mich fürs Zufußgehen. Kalt ist es geworden, es regnet ein bisschen und ich bin froh, als ich den Weg zurückgelegt habe und die Wohnungstür aufsperre. Die Mitbewohnerin hat Besuch. Unter ihrer Tür hindurch kriecht Licht hervor und man kann sie reden hören. Vielleicht ein Mann, den sie mitgeschleppt hat und der ihre Hoffnungen, Königin zu werden, erfüllen soll. Meistens

handelt es sich dabei um alte Kerle, die sich weigern, die Klobrille wieder runterzuklappen.
Schnell verschwinde ich in meinem Zimmer, zieh mich aus und Boxershorts und T-Shirt an und gehe ins Bad, um mich für die Nacht schön zu machen.
Träume kommen und gehen, verschwimmen zu einem Brei aus nächtlichen Gedanken, der sich nährt, je länger die Nacht dauert. Am Morgen bin ich müde.

❶❷

Der Freitag kommt, als Donnerstag geht, sie ruft mich an, um zu fragen, wann ich Zeit habe.
Jetzt sofort oder später oder immer, wenn du willst.
Um drei holt sie mich ab. Riva springt auf, als es läutet, will mit und will nicht alleingelassen werden. Doch geht dies leider nicht, da Hunde nicht auf Motorrädern sitzen können. Kein Platz ist dort außer für Julia und mich. Sie freut sich, als Riva sie begrüßt.
„Wird sie ungeduldig, wenn sie alleine hier bleibt?"
„Das muss sie aushalten."
„Du wohnst nicht alleine?"
Erstaunen breitet sich auf ihrem Gesicht aus. Sie schaut zu der Tür, die immer geschlossen ist.
„Da drinnen wohnt jemand?"
„Erzähl ich dir später."
Ich ziehe sie an der Tür vorbei, zu lange sollte man davor nicht stehen bleiben, wenn man nicht will, dass sie geöffnet wird.
Vor dem Haus steht ihr Motorrad. Groß und blau und schön. Ich kenne mich mit Motorrädern nicht aus, bin noch nie selbst gefahren und hab auch keinen Führerschein. Doch Julia erklärt, wie leicht das Fahren ist und sagt mir, wie ich mich festhalten muss, um nicht hinten runterzufallen. Mein Bauch an ihrem Rücken und meine Arme soll ich um sie schlingen. Wie nervös mich das macht. Schon wieder ist hier sehr viel von dem Duft, den ich schon vor Tagen gerochen habe. Weiß nicht, wie lange ich ertragen kann so hinter ihr zu sitzen und sie zu umarmen. Schon dreht sich meine Phantasie im Kreis, kann nicht mehr von mir gebändigt werden und verschwindet irgendwo in unbekannten Gebieten, die ich jetzt nicht betreten kann. An einer Ampel dreht sich Julia zu mir um und fragt: „Gefällt es dir?"

Ich strahle sie an. „Das ist schön“, sage ich. „Wohin fahren wir?“
„Aus der Stadt raus. Nur ein kleines Stück.“
Sehr geschmeidig schmiegen sich die Räder an den Asphalt, fast schwerelos gleitet das Motorrad darüber, überlistet Fliehkraft und neigt sich in den Kurven gefährlich nah dem Boden zu, als würde es sich bald mit ihm vereinen. Doch niemals käme es auf diese Idee, braust weiter, bleibt nur stehen, wenn rote Ampelaugen es dazu zwingen.
Die Geschwindigkeit lässt dem Motorrad Flügel wachsen, mit denen es heftig flattert, um sie zum Wachsen zu bringen. Schneller und schneller und schneller legt es Meter um Meter zurück. Die Stadt liegt bald hinter uns und vor uns liegt eine breite Straße, auf der wenige Autos fahren.
Eng an Julias Rücken gedrückt werde ich vor dem Fahrtwind geschützt, der uns am Weiterkommen hindern will. Harte Linien am Fahrbahnrand, die Bäume, Häuser, Menschen dort sind zu diesen geschmolzen. Noch schneller weht das Fahrzeug vor dem Wind davon, wird zu einem Raubtier, das ungehalten auf Beutejagd ist. Ich stelle mir vor, wie es wäre, tage- und wochenlang auf dem Rücken des Motorrades getragen zu werden und erst abzusteigen, wenn man angekommen ist. Wo angekommen? Dort, wo man sein will. Man kennt nicht alle Orte, die es gibt, muss sie erst kennen lernen. Dann würde man sich entscheiden, das Motorrad mit Peitschenschlägen vorwärtstreiben, wenn es sich weigert. Doch weigern würde es sich kaum, denn es hat nur einen Wunsch. Und dieser Wunsch, ständig in Bewegung und unhaltbar schnell zu sein, wird ihm jetzt erfüllt.
Unter meinem Helm ist Platz für kühlen Wind, der dort anklopft und schon drin ist. So passt sich die Luft in meinen Lungen der Außenluft an. Verändert sich die Luft des Landes, so dringt dieselbe auch in mich. Macht mich zu jemand anderem? Denk nicht, dass so was möglich ist. Werd immer ich sein. Das haben meine Eltern nicht verstanden, konnten nicht begreifen, wie ich nur ich und ich so komisch

sein konnte. Gedanken, die sehr schwer zu greifen sind. Drum lass ich besser meine Finger von ihnen.
Ein Sturz wäre in der jetzigen Situation fatal. Niemand plant die Stürze ein, doch gibt's hier jemanden, der sich dagegen wehrt. Eine letzte Kurve, ein letztes Stück Weg. Dann bleibt das Motorrad stehen und wirft uns ab. Wir stehen daneben und Julia fragt: „Willst du mal fahren?"
Ein runder Platz aus hartem Stein vor uns, nur Büsche an den Rändern. Niemand hier, nur ich und sie. Wir stehen vor dem Motorrad, das so plötzlich zum Stillstand gekommen ist, dass man sich seine Raubtierhaftigkeit nur mehr schwer in Erinnerung rufen kann. Ein stilles Wasser, dieses Motorrad. Ruhig und blau ruht es nun nach dieser Strecke. Ob es pfaucht, wenn ich es berühre?
„Ich weiß nicht. Ob ich das kann?"
„Setz dich mal drauf."
Julia führt jeden meiner Handgriffe mit ihren Worten. Ich muss nur tun, was sie mir sagt, um das Motorrad zu bändigen und zu meinem Untergebenen zu machen.
„Jetzt drehst du den Schlüssel nach rechts und dann hältst du die Kupplung fest, während du auf den Startknopf drückst."
Ein Pfauchen, dann ist es wieder zum Leben erwacht. Und ich sitze auf ihm drauf, völlig allein, neben mir steht die Dompteurin.
„Genau. Jetzt hältst du das Motorrad gerade, pass auf, dass du das Gleichgewicht nicht verlierst. Mit dem linken Fuß schiebst du den Ständer nach hinten."
Jetzt liegt es ungehalten in meinen Händen. Ich bin für sein Tun verantwortlich. Kein Stück Eisen unter mir, das sein Gewicht für mich trägt.
„Spürst du mit dem linken Fuß einen kleinen Hebel? Da steigst du einmal kurz drauf, das ist der Leerlauf. Siehst du das grüne Licht vorne? Das zeigt an, wenn kein Gang eingelegt ist. Jetzt kannst du die Kupplung loslassen."

Das ist alles ziemlich kompliziert. Ob ich es zum Fahren bringen kann, weiß ich noch nicht, werde mein Bestes tun, um ihm noch mehr Leben einzuhauchen.
„Das ist ja schwer."
„Nein, gar nicht. Du sitzt ja heute zum ersten Mal drauf."
Skeptisch schaue ich auf meine Beine, ob die noch in der Lage sind, das Gewicht des Motorrads in der Balance zu halten. Nichts deutet darauf hin, dass sie sich weigern würden. Scheinen brav zu sein und das zu tun, was ich von ihnen verlange.
„Also, wie man Gas gibt, weißt du?"
Ein Nicken. Das weiß ich.
„Dann steig jetzt noch mal auf den Schalthebel."
Ein Klicken und der erste Gang ist eingelegt. Die Fahrt kann losgehen. Ganz vorsichtig versuche ich, mich in die Launen des Motorrades hineinzuversetzen. Mehr Gas? Kann ich die Kupplung schon loslassen? Ich spüre die Kraft, mit der es losbrausen will, an einer dünnen Leine zurückgehalten von meiner linken Hand an der Kupplung. Schneide die Leine entzwei, da fährt es los, sehr langsam noch, dann immer schneller. Meine Füße hängen schon in der Luft, kein fester Boden mehr unter ihnen. Sie können nur auf die Fußstützen gestellt werden.
Wir verstehen uns gut, kein Ruckeln und kein Brummen, das den baldigen Widerwillen des Motors andeuten würde. Ein ruhiges Tuckern in dieser verlassenen Landschaft. Es ist, als hätte das Motorrad aufrecht stehen gelernt, wackelt nicht, bleibt sehr ruhig, wird immer ruhig, je mehr ich beschleunige. Welch ungeheure Kraft unter mir ist und die ich bezwinge. Der Platz bietet mir nicht genug Raum, um weit zu fahren. Ich versuche zu lenken, da wird es unstabil und ich bleibe lieber stehen.
„Super machst du das", lobt mich Julia.
Ich habe einen Vorteil durch meine Größe. Ihre Beine sind zu kurz, um mühelos den Boden zu berühren, wenn das Motorrad steht.
„So ist es schwerer, das Gleichgewicht zu halten."

Dann liegt das Motorrad schräg, getragen von dem dicken Stück Eisen unter ihm. Braucht meine und auch sonst keine Beine mehr zum Halten. Ruht sich aus und sammelt Kraft, um uns wieder von hier wegzubringen.
„Hat's dir gefallen?"
Bin noch ganz erstaunt darüber, wie leicht und sicher man sich darauf fühlt, wie mühelos es fährt und wie wenig es sich dagegen wehrt.
„Sehr."
Mein Platz ist wieder hinter Julia, die nun die Führung übernimmt, dem Motorrad den Weg weist. Zurück, den gleichen schnellen Weg, den wir hierher gefahren sind. Genauso schnell und atemberaubend liegt der Stadtrand bald hinter uns und vor uns erzwingt Verkehr eine Verwandlung. Geschickt und wendig schlängelt sich das Motorrad durch die Autokolonnen, mal links, mal recht, es ist sehr flexibel.

„Kommst du noch mit rauf?"
Dann steht Julia in meinem Zimmer, die Motorradsachen und die Helme bekommen einen Platz zugewiesen. Wir suchen uns den unseren selbst, setzen uns aufs Bett, das in meinem Zimmer die einzige Sitzgelegenheit ist.
„Hast du das gezeichnet?"
Sie deutet auf eine Zeichnung, die an der Wand hängt. Hinter Glas versperrt, um es von draußen abzutrennen, nur eine Zeichnung soll es sein.
„Das ist ziemlich gut."
Ich sage nichts, schau sie nur an, wie sie die Linien am Papier mit ihren Augen nachzieht und verfolgt, bis sie den Blick wieder von der Zeichnung nimmt.
„Ich werd nicht mehr zur Uni gehen."
Plötzlich überrascht mich dieser Satz selbst. Wo hat er sich gebildet? Sicher in einem unachtsamen Moment, wo meine Gedanken mit etwas anderem beschäftigt waren. Doch jetzt ist er gesagt und lässt schon Wahrheiten anklingen. Nie wieder in den Vorlesungen sitzen, zeichnen, was man davor mit dem Professor besprochen hat. Wenn ich zeichne, dann

für mich. Brauch keine Bestätigungen mehr, keine anderen Meinungen, keine Gespräche über meine Zeichnungen, die ich nicht selbst begonnen habe. Ich bin genug, um selbst zu entscheiden, was mir Spaß macht. Warum ich dieses Studium begonnen habe, wird zu einem Rätsel.
„Ich versteh nicht, was das eigentlich bringen soll. Ich bin die ganze Zeit nur gelangweilt und hab das Gefühl, dort meine Zeit zu verschwenden, weil ich doch andere Sachen machen könnte."
Versteht sie das, versteht sie es nicht? Will sie hören, was ich darüber denke, warum ich nicht mehr schweigend, träumend in den Vorlesungen sitzen will? Was daran für mich nicht stimmt, warum ich das nicht mehr will?
„Mit dem Gedanken hab ich schon öfter gespielt, aber ich hab trotzdem weitergemacht."
„Ich geh dort nicht mehr hin."
Jetzt bin ich stur, lass nichts mehr mich erweichen. Will von meinem Standpunkt nicht mehr weichen, bleib dort stehen, weigere mich standhaft, noch einmal zur Uni zu gehen.
„Früher hat mir das Zeichnen noch Spaß gemacht, jetzt ist es einfach irgendwas, das ich tun muss, um im Studium weiterzukommen. Ich will nicht, dass mir das genommen wird, vor dem Zeichenblock zu sitzen und einfach drauflos zu malen."

✡✡✡

Früher, jeden Sommer in Italien. Ein kleines Zimmer hatte ich dort nur. Den ganzen Tag am Strand, das Meer schon dreckig von den vielen Touristen, die Kisten an Sonnencreme im Meer versenken wollten, was nicht gelang und schon schwamm bald ein glänzender Ölteppich auf den Wellen. Der wollte das Wasser vor der Sonne schützen, was nichts nützen konnte.
Auf einem Badetuch im Sand liegen, mit den Zehen Sand aufwirbeln, wenn man zum Meer geht, Sand mitnehmen,

wenn man vom Meer kommt. Der trocknet und wird wieder heller, bis er sich mit den Sandmassen vermischt.
Eine Sonnenbrille schützte meine Augen vor den hellen Strahlen. Neben mir ein Buch im Sand, das ich dann und wann in die Hand nahm, um zu lesen. Ansonsten dösen, schlafen, schwimmen oder mit den Leuten reden, die man kennen lernt. Manchmal kam ein Gewitter und peitschte im Meer große Wellen hoch. Dann ging ich zum verlassenen Strand, um spazieren zu gehen. Natürlich nur, wenn es regnete und die Blitze schon verschwunden waren. Meine Füße sanken tief im nassen Sand ein, der war kalt und schwer und blieb an den Füßen kleben, bis er von einer Welle abgewaschen wurde.
Muscheln sammeln oder nach ihnen tauchen. Das war nicht leicht, wenn das Meer unruhig war. Dann trieb der Sand nicht am Grund, sondern im Wasser und machte es unmöglich, etwas zu sehen. Das Salzwasser brannte in den Augen, wenn der Wind einem entgegenblies und man einfach im Meer stehen blieb. Der Wind trieb die Feuchtigkeit durch die Luft, genau in die Augen hinein. Ein salziger Geschmack auf den Lippen, der überall blieb, wenn man etwas aß. Nach dem Schwimmen zu den Duschen am Strandrand gehen, alles Salzige, Sandige abspülen, wieder frei werden für die Sonne, die kam, um den Rücken zu trocknen. Dann den Bauch, das Gesicht, die Beine, Arme und die Haare. Die sich bald zu wellen begannen, verklebten und viel heller wurden. Eis kaufen gehen, zusehen, wie es in meiner Hand fast zu kochen begann, wenn ich es länger hielt.
Am Wasser wurden Kanäle gegraben, Sand aufgeschichtet, um Burgen zu bauen und vom Meer wieder vernichtet zu werden, das eine Welle weit voranschickte und die Burgen überschwemmte.
Kleine Kinder, die im schlammigen Sand saßen und dort Wasser in einen Kübel füllten, wieder ausleerten. Strampelnd, mit ihren kleinen Füßen Wasser tretend, um zu sehen, wie das Wasser hoch spritzte, lachen, weil ihnen das gefiel. Bälle wurden in der Luft herumgeschossen.

Manchmal stand auch ich dabei und spielte Volleyball oder warf Frisbeescheiben übers Wasser. Die glitten schnell durch die Luft, zerschnitten sie und fielen runter, wenn sie nicht gefangen wurden. Wurden weggespült oder angespült, abhängig von der Strömung, die jeden Tag anders war.
Meine Haut wurde dunkler, meine Haare bekamen einen goldenen Schimmer, der auch nicht verschwand, wenn mich im Herbst das kalte Regenwetter in Österreich begrüßte. Ein paar Wochen, einen Monat, manchmal trotzten die Haarfarbe und die Bräune dem kalten Wetter sehr lange, wurden nicht runtergewaschen, wenn kalte Regenschauer über mich hinwegflossen.
Dazwischen zeichnen.
Abende ausgefüllt mit lauten Stimmen, Leuten, die in Bars saßen, Eis aßen, an mir vorbeigingen oder stritten, weil die Kinder nicht aufhören wollten zu schreien.
Der Hocker vor mir verwandelte sich in ein Theater, die verschiedensten Szenen spielten sich vor mir ab. Manchmal arbeitete ich bis eins oder zwei in der Nacht. Die Leute wurden nicht müde draußen zu sein, wollten die Wärme der Nacht nicht mit in ihre Wohnungen nehmen, sondern sie draußen konsumieren. So wie die Drinks in ihren Gläsern, die verschwanden und durch neue ersetzt wurden. Manchmal arbeitete ich nur bis elf, weil das Wetter schlecht war oder die Leute abreisten, um Platz für andere zu machen. Dann packte ich den Block, die Hocker und Kohlen ins Auto. Manchmal ging ich abends fort, weil ich jemanden kennen gelernt hatte, der mich in eine Bar einlud.
Dabei war es immer das Gleiche. Wir redeten, bis er einen Satz aus seiner Hosentasche kramte und ihn vor mich hinlegte. Beach, spiaggia.
Dorthin sollte ich mit ihm gehen. Was er dort wollte, war eindeutig und musste nicht näher erklärt werden. Enttäuscht ließ ich ihn zurück.
Manche Leute kannte ich schon, weil sie jeden Sommer dort waren. Das waren die Kellner und Kellnerinnen aus dem Lokal, der Besitzer des Hauses, in dem sich meine

Ferienwohnung befand, den Typen an der Tankstelle, ein Mädchen, das als Beach-Security arbeitete. Sie wurden jedes Jahr dorthin getrieben und blieben, bis der Sommer vorbei war. Dann blieb nur doch das Dorf und wurde zu einer Geisterstadt, die verlassen im Grau des Herbstes und Winters lag.
Das Meer befreite sich in dieser Zeit von seiner Ölschicht, machte sich wieder bereit für eine neue Anzahl von Ferienleuten, die ihren Schweiß hineinwuschen. Jedes Jahr war alles gleich, nur dass die Leute andere waren.
Die Stimmen allerdings blieben gleich, ein Gemisch aus vielen Sprachen, das als Summen und Säuseln die Straßen entlanggetragen wurde. Neue Romanzen, die keine Romanzen, sondern Strandgeschichten waren, der in der Nacht nicht Strand, sondern Beach hieß, um das Wort für alle verständlich zu machen. Dadurch wussten die deutschen Mädchen, wohin die italienischen Jungen sie bringen würden, um ihnen eine Liebe zu gestehen, die nur so lange dauerte, bis die Mädchen wieder in Deutschland waren.

✡✡✡

„Du warst jeden Sommer in Italien?"
Julia schaut mich erstaunt an. Die Geschichte hat ihr gefallen, das hat sie auch mir einmal. Aber jetzt ist sie verblasst und kann nur mehr erzählt werden.
„Als ich siebzehn war, bin ich zum ersten Mal einen ganzen Sommer lang dort gewesen. Eigentlich wollte ich kellnern oder am Strand arbeiten. Im Internet hatte ich eine Anzeige für einen Ferienjob gesehen."

✡✡✡

Eigentlich wollte ich kellnern. Die Abende damit verbringen, den Urlaubern Getränke zu bringen, freundlich sein, andere Sprachen lernen. Das schien mir sehr verlockend zu sein,

wenn ich den ganzen Tag am Strand verbringen konnte und Urlaub und Arbeit miteinander verbinden.
Meinen Eltern stand der Zorn ins Gesicht geschrieben, als ich ihnen davon erzählte. Angst mischte sich unter dieses Gefühl. Ein ganzer Monat alleine ganz weit entfernt. Wie sollte das gut gehen? Ein Zugticket war schnell gekauft, die Fahrt im Zug verging wie im Flug und schon lag bald das Meer vor mir, als ich ihm entgegenging.
Ich konnte noch nicht im Juni fahren, weil die Schule erst Mitte Juli in Sommerferien mündete. Der Job, von dem ich im Internet gelesen hatte, war schon vergeben. Das wusste ich, doch wussten meine Eltern nichts davon. Ich hatte nichts gesagt, um nicht zurückgehalten zu werden. Ich würde schon was finden, dachte ich, doch schien das schwerer als erwartet. Der Ferienort keuchte vor Anstrengung, im Juli war die Anzahl der Ferienleute am größten. Alle Plätze waren schon vergeben, alle Jobs schon verschwunden. Es war schwer, eine Unterkunft zu finden.
Lange Telefonate mit meinen Eltern, in denen ich ihnen von dem Job vorschwärmte, den ich nicht hatte und ihnen sagte, sie sollten sich keine Sorgen machen, ihnen versicherte, dass alles toll lief, alles wie geplant verlief, während alles schief ging. Meine Pläne waren längst vom Meer davongespült, nichts war geblieben außer dem Geld, das ich von zu Hause mitgenommen hatte und das sich dem Ende zuneigte.
Dann irgendwann war das Rückfahrticket schon fast gekauft und ich drauf und dran, mich einer Niederlage zu stellen, als ich mich darüber informierte, wie man zu der Berechtigung käme, irgendwo zu sitzen und Leute zu zeichnen. Das war nicht allzu schwer. Doch vom Geld war nichts mehr übrig, als ich eine Berechtigung in der Tasche hatte und Kohle und einen Zeichenblock in der Hand hielt.
So saß ich also dort, sehr jung noch. Die Leute nahmen mich nicht ernst genug, versuchten oft genug Betrug und wollten nicht das zahlen, was sie mir schuldeten. Trotzdem machte mir die Arbeit Spaß, das war's, was ich eigentlich tun wollte. Nicht kellnern oder fremde Sprachen lernen, dort

sitzen und meine Hände immer schwärzer werden sehen, wenn Kohle nicht nur Papier beschrieb, sondern auch meine Hände nicht sauber bleiben ließ.
Dann war auch der August vorbei und ich hatte mehr Geld verdient, als ich nach Italien mitgenommen hatte. Meine Eltern waren froh, als ich wieder in Österreich war. Eine Überraschung war es, was ich zu erzählen hatte, doch sie waren nicht nur besorgt, sondern auch beeindruckt.
Im nächsten Jahr hatte ich Matura, die Schule war schon Anfang Juli zu Ende und zwei volle Monate blieben, um nun im Auto zu verschwinden und im September wieder nach Österreich zu fahren. Dann noch ein Jahr und letzten Sommer nicht einmal noch das.

✡✡✡

13

Du hast einfach damit aufgehört?"
„Da war diese Leere, die mich daran hinderte."
„Was meinst du damit?"
„Ich konnte nicht jeden Sommer das Gleiche machen."
„Aber das wolltest du doch."
„Am Schluss nicht mehr. Das war mir zuwider, diese Leute, diese Partysommer, diese Sprüche, mit denen man mitgeschleppt werden sollte."
Und dann die Erinnerung an das, was davor geschehen war. Du bist selbst schuld, niemand anderer kann etwas dafür. Nicht einmal der, der es getan hat. Selbst schuld zu sein war schlimmer als anderen die Schuld zu geben.
Sie sagten mir, dass ich alleine es zu verantworten hätte, wenn Männerhände, die dort nichts zu suchen hatten, doch versuchten, Stellen zu erreichen, die ganz bestimmt nicht für sie bestimmt waren. Nicht noch ein Jahr konnte ich betrunkene Männer ertragen, deren Blicke mir folgten, weil sie die Kontrolle darüber verloren hatten. Weder am Beach noch in Berghütten wollte ich ihnen Zutritt gewähren.
„Dort pfiffen mir Männer nach, die um vierzig Jahre älter waren als ich. Das war zu viel und." Ich brach den Satz abrupt ab.
„Da ist davor auch was passiert."
„Willst du darüber reden?"
Ich will nicht darüber reden, nie wieder diese Worte in den Mund nehmen, keinen Gedanken dran verschwenden, der sich trotzdem aufdrängt und sich nicht vertreiben lässt. Selbst schuld. Nicht noch einmal will ich diese Schuldzuweisungen auf mich nehmen und zum Gestehen gezwungen werden, dass alles durch mich ausgelöst worden ist. Nur ich allein kann dafür verantwortlich sein, was passiert ist.

Ein Blinzeln und die Bilder sind verschwunden, zerknittert und starr warten sie darauf, wieder hervorkommen zu können.
„Nein.“
Dann Schweigen. Beklemmen, ob sie noch was sagt, weil ich doch jetzt geschwiegen habe. Muss immer jeder wissen, was nicht einmal ich wissen will? Muss ich sagen, was ich schon zu oft gesagt habe und dabei doch nie verstanden worden bin? Wie konnte ich nur so dumm sein? Muss gefesselt und versteckt werden, um mich vor mir selbst zu schützen, wenn ich doch nur Situationen herbeiführe, die nicht herbeigeführt werden sollen.
„Erzähl mehr von Italien. Du musst dort sicher reich geworden sein.“
Sie lässt die gute Laune wieder zum Vorschein kommen mit ihren Worten, steckt mich an mit ihrem Lachen und sagt Sachen, die ich gerne hören will.
„Reich nicht gerade. Aber es hat gereicht, um die Ferienwohnung zu bezahlen und ein paar Monate damit auszukommen.“
„Hast du auch das Studium damit finanziert?“
„Am Anfang schon, aber letztes Jahr habe ich begonnen, ab und zu in einer Bar auszuhelfen. Sonst hätte ich es mir nicht mehr leisten können.“
Sie hätte sich gerne von mir zeichnen lassen, sagt Julia. Ich hätte sie gerne gezeichnet, sage ich.
„Hast du dort nie jemand Interessantes kennen gelernt?“
Damals war gerade das tappende Monster wiedergekehrt, nachdem es mit Steffi gemeinsam verschwunden war. Das Gefühl ließ sich nicht lange vertreiben, fand Wege, um wiederzukommen. Gebräunte Haut und dunkle kurze Haare, die vom Salz verklebt waren. Sie war Italienerin.
„Wie meinst du das?“
„Na ja, du weißt schon.“
Zwei Blicke, die sich treffen.
„Sie war Italienerin, hat am Strand gearbeitet und aufgepasst, dass im Meer nichts passiert. Sie ist immer auf diesem Turm

gesessen, der vorne am Wasser stand und von dem aus man das Meer überblicken konnte."

✡✡✡

Wir hatten uns schon im ersten Sommer kennen gelernt. Gingen am Abend manchmal zusammen fort. Diskos, Bars, ein Fest am Strand am fünfzehnten August. Der Tag ist ein großer Feiertag in Italien. Bunte Lichter explodierten über unseren Köpfen und wir standen dort, umringt von vielen anderen Leuten und schauten zu, wie der Himmel immer neue Farben annahm und unsere Gesichter färbte. In der Mitte brannte ein Lagerfeuer, an dem einige Leute standen und grillten. Wir waren nicht an dem Teil vom Strand, der am Tag für Touristen geöffnet und deswegen mit Liegestühlen verstellt war, sondern dort, wo Baumstämme herumlagen und Sträucher wuchsen. Hier kamen am Tag nur wenige her. Im letzten Sommer nahm sie meine Hand, als wir dort standen. Redete auf Italienisch auf mich ein. Ich verstand nicht, was sie sagte. Lauschte ihrer Stimme, die das Feuerwerk übertönte.

Wir redeten normalerweise Englisch, doch sie schien vergessen zu haben, dass ich ihre Sprache nicht so gut verstand, wie sie sie sprechen konnte. Schön war es trotzdem, was sie sagte, auch wenn ich's nicht verstand.

Im selben Jahr gingen wir in der Nacht schwimmen. Es war schon spät, der Mond stand hoch am Himmel und wurde manchmal von Wolken verdeckt. Wir gingen am Wasser entlang, hatten Schuhe und Socken ausgezogen und trugen sie, während unsere nackten Füße Sand unter ihnen spürten. Auf den Liegestühlen saßen Gruppen von Jugendlichen, die lachten oder sangen oder tranken. Manchmal riefen sie uns etwas zu. Manchmal antworteten wir ihnen, manchmal gingen wir einfach weiter.

Es war noch warm, obwohl sich die Nacht dem Ende zuneigte und sie schon fast früher Morgen war. Unter meinem Gewand hatte ich einen Bikini an. Ein Badetuch in meiner Hand, das mich vor Kälte schützen sollte, wenn ich aus dem Wasser kam. An einer Stelle, wo der Strand nicht mehr beleuchtet war, legten wir unsere Schuhe in den Sand, das Gewand oben drauf und standen nun im Dunkeln voreinander.

Dann rannten wir aufs Wasser zu, ins Wasser rein und durch die kalten Fluten hindurch, immer weiter, bis wir mit unseren Zehen den Grund nicht mehr spüren konnten, weil das Wasser zu tief war. Sehr unheimlich sah das dunkle Wasser aus.

Wir schwammen in einem schwarzen See, dessen Ende nicht zu sehen und dessen anderes Ufer schwimmend nicht erreicht werden konnte. Schwarze Fluten schlugen über unseren Köpfen zusammen, wenn wir tauchten, um an einer anderen Stelle wieder dem Mond entgegenzusteuern. Den Kopf wieder über Wasser, Wasser in den Ohren und in den Haaren, wo kalter Wind darüber streicht und mir eine Gänsehaut auf die Arme zaubert, wenn ich darum kämpfe, nicht wieder unter Wasser zu kommen. Sie schwamm neben mir, mit kräftigen Zügen bewegten wir uns vorwärts, während meine Gedanken Haken schlugen. Unter uns nur Wasser und ein bisschen Sand. Doch dann und wann waren Flossenschläge auf der Haut zu spüren. Wenn Fische, übermütig von der Menschenleere, nah an uns heranschwammen. Kleine Gefahren lauerten in der Tiefe, das konnte man vermuten. Die Fluten schluckten längst nicht alles, was dort unten verborgen war. Wollte schneller schwimmen, um Gefahren zu entgehen, die man jetzt nicht sehen konnte, weil alles dunkel war.

Dann drehten wir um und schwammen zurück. Vor uns lag ein schwarzer Balken Strand, wo schwarze Schatten wuchsen, die Bäume, Sonnenschirme oder Menschen sein konnten. Der Mond war hinter einer Wolke verschwunden, kein Mondlicht, das sich in den Wogen spiegelte und unerreichbar blieb. Das letzte Stück tauchten wir. Kaltes Wasser im Gesicht, das Schwärze nur erahnen ließ, denn sehen konnte man dort unten nichts.

Dann wieder Sand unter den Füßen, über den wir an den Strand liefen. Zitternd vor Kälte, aber trotzdem aufgeregt, weil dieses Abenteuer noch ein echtes war. Muschelsplitter zwischen den Zehen, ich tauchte meine Füße noch einmal ins Meer, bevor ich das Badetuch um mich schlang und mich abtrocknete. Ihre Haare standen vom Kopf weg, nachdem sie sie getrocknet hatte. Meine ließen Wassertropfen in den Sand fallen.

✡✡✡

❶❹

Wo ist sie jetzt?“, fragt Julia?
Irgendwo in Italien wahrscheinlich, lernt surfen oder tauchen oder sitzt an einem Strand, wenn das Wetter schön ist, um zum ersten Mal in diesem Jahr das Meer zu beobachten und auf zu hohe Wellen aufzupassen. Wir haben einander nicht oft geschrieben, wenn der Sommer vorbei war. Da war auch nichts zu erzählen, das sie interessiert hätte. Ein Sommer lang und jedes Jahr. Dann komm ich einen Sommer nicht und dann nie wieder.
„Eine schöne Geschichte“, sagt Julia. „Aber irgendwie traurig.“
Sie mag das Meer bei Nacht, mag die Ungewissheit, die das dunkle Wasser ihr bereitet, mag das Rauschen der Wellen, wenn ein Sturm aufzieht.
„Ich würde gerne am Meer wohnen.“
„Nächstes Jahr, wenn du aus Österreich weggehst?“
„Das muss nicht unbedingt nächstes Jahr sein. Wenn ich von hier weggehen will, werde ich es einfach tun, egal, wann das ist.“
Das klingt mutig. Von ihr ausgesprochen, klingt der Satz nach Wahrheit und Wahrheit selbst kann oft schon mutig sein, nur dadurch, dass sie ausgesprochen wird.
„Das würde ich auch gern. Einfach das tun, was ich will und was ich mir gerade wünsche. Früher war das auch ein bisschen so.“
Jetzt kann ich nur noch Träumen nachhängen, die längst vergangen sind und nicht mehr wiederkehren werden. Hab die Kraft verloren, um neue zu produzieren. Mir fällt nichts ein, was lohnenswert zu träumen wäre, nur der immer gleiche Trott, der langsam vor sich hintrabt. Der nimmt mich mit, das Ende kennen alle schon. Nichts Ungewisses, wie es ausgehen kann, hat keine Überraschungen zu bieten. Ein Aufpreis für die Show, dass zumindest Teile davon

ungeahnt bleiben. Ich zahle nichts und lass mich ziehen, wohin, das weiß ich schon. Hab nicht den Mut, den Weg zu ändern, geh einfach immer nur geradeaus. Doch wenn ich jetzt nur kurz überlege, so fällt mir ein, dass etwas schon geändert ist. Das Studium, soeben abgebrochen. Noch niemand weiß davon. Nur ich und Julia sind eingeweiht und Freude macht sich breit, dass doch etwas zu Ende ist, was keinen neuen Anfang kennen soll.
„Was möchtest du denn?"
Darauf weiß ich keine Antwort.

Später ist es viele Stunden später und Julia ist immer noch bei mir. Noch immer sitzen wir am Bett, sie steht nicht auf, bleibt sitzen und erzählt mir von sich. Dann hören wir nur mehr Musik, eine CD nach der anderen und die Nacht zerschmilzt neben ihr. Sie ist nicht müde, das hat sie oft betont. Auch ich kann nicht an Schlafen denken. Riva wird unruhig. Sie möchte noch nach draußen, weil sie den ganzen Tag in meinem Zimmer gelegen ist.
„Gehst du mit? Riva will noch kurz nach draußen."
Die Fahrt im Lift geht jetzt schnell, weil niemand einsteigen will. Ist schon zu spät, um im Haus Leuten zu begegnen. Wir gehen nur durch den Park, wo ein Mann auf einer Parkbank schläft. Vor ihm zwei Säcke mit Flaschen. Riva will an den Säcken schnuppern, aber ich ziehe sie zurück. Eine Viertelstunde später sind wir schon wieder in meinem Zimmer. Und wieder sitzt sie neben mir. Will sie anschauen und berühren, doch bleib ich sitzen, tue nichts, was sie nicht auch zuerst tun könnte.
Wir trinken Wasser, spülen Gedanken weg, hören Musik. Und eine CD nach der anderen ist bis zum Ende gehört, lässt Stunden vergehen. Es dämmert schon. Eine Hand an einer anderen Hand, die sehr vorsichtig einander berühren. Wenn jemand sie zurückzieht, wird auch die andere bald verschwunden sein und niemand wird von ihrem Vorhaben wissen, sich der anderen zu nähern. Finger, die nach Fingern einer anderen Hand suchen, sich dort niederlassen und nicht

mehr weggehen wollen. Und ein letzter Blick, bevor mein Mund die schönen Frauenlippen küsst, die meine suchen. Die Hände lösen sich voneinander, finden andere Stellen, wo sie bleiben wollen. Eine Umarmung, die von Küssen geschlossen wird. Sanftes Streicheln auf meinem Rücken, das sehr bald erwidert wird und dann nicht länger dort verweilt, sondern weiterzieht. Nicht lange halten sich die Hände nur an einer Stelle auf, bleibt keine Zeit, nur dort zu sein, denn sie wollen weiter, um neues Land zu suchen, auf dem sie sich niederlassen können, um sich zärtlich drum zu kümmern, nichts verkümmern zu lassen oder zu vergessen. Und bald will Haut nicht mehr durch Stoff an Haut gedrückt sein, will lieber nur die andre Haut spüren, kann auf den Stoff sehr leicht verzichten, der zur Seite geworfen und von da an nicht mehr beachtet wird. So neu fühlt sich diese Haut an, wird bald vertraut gemacht durch Hände, die sie kennen lernen. Schon klarer und sehr anschaulich liegen nun Formen vor mir, die ich nicht nur anschauen will, sondern auch fühlen, wie Fingerspitzen drüberstreichen.

Schon scheint die Sonne beim Fenster rein, so leise ist der Tag gekommen, dass wir es nicht einmal bemerkt haben. Doch jetzt, wo der Tag schon einmal hier ist, kann er gleich bleiben. Julia muss weg, hat eine wichtige Vorlesung an der Uni, die sie nicht versäumen kann. Ich bleib allein zurück im Bett, schlaf ein und träum von ihr, die bald wieder hier sein wird.

15

Nachmittage, an denen ich mit Riva im Votivpark sitze und lese, während sie herumläuft oder neben mir liegt. Ich habe wieder angefangen zu lesen, habe viel Zeit dazu, weil die Stunden an der Uni und das Zeichnen wegfallen.
Ich zeichne nur mehr, wenn mein Kopf etwas herzeigt, das ich zeichnen will. Keine Ideen mehr, die ich haben und in Projekte verwandeln muss. Niemand, der mir sagt, warum etwas gut oder schlecht ist und niemand, der mir Sachen beibringt, die ich nicht wissen will. Doch die Langeweile kommt bald zurück. Wenn sie nicht im Hörsaal kommt, dann pirscht sie sich von hinten an, wenn ich in der Sonne sitze. Tagelanges Nichtstun macht meine Möglichkeiten in der Sonne zu liegen zu einer Pflicht.
Der Sommer steht schon in der Stadt und zaubert Temperaturen, die nicht auszuhalten sind. Die Wohnung brennt vor Hitze, während draußen Wind Kühlung bringt. Manchmal verbringe ich die Tage auf der Donauinsel, die schon lange von anderen Leuten besiedelt ist, die dort von morgens bis abends sitzen, grillen, essen, Bier trinken und sich in der Sonne braten, bis ihre Körper so rot sind, dass sie sich von der braunen Wiese abheben.
Riva wird oft verscheucht, wenn sie freudetaumelnd herumhüpft, an Leuten schnüffelt und sich angewidert abwendet. Die Leute wollen nicht, dass Riva ihnen zu nahe kommt. Ich will nicht, dass sie Riva oder mir zu nahe kommen. Jeder soll sein eigenes Revier haben, in dem er liegen und die Sonne jagen kann, so viel er will, doch außerhalb des Reviers hat niemand Rechte. Schon gar nicht die, mich anzustarren und schon wieder alte Erinnerungen heraufzuholen, die nicht einmal in der Nachmittagshitze verbrennen.
Eine Gruppe von Männern liegt nicht weit von mir entfernt. Sie haben einen Tank voll Bier mitgenommen. Gekühlt, um ihren wirren Köpfen Kühlung zu verschaffen. Doch bringt

es sie auf dumme Gedanken, die sie zu mir herschauen lassen und mir etwas zurufen, das ich nicht verstehe, von dem ich aber weiß, dass es nichts Nettes gewesen sein kann. Einladungen oder Aufforderungen zu Dingen, die niemand mit ihnen tun will. Wie damals in der Hütte, die ihm und seiner Frau gehörte. Doch seine Frau war nicht dort, die ihn zurückgehalten hätte. Wie dunkel es dort war und wie beengend. Kein Atmen mehr möglich, ohne etwas von ihm einzuatmen, das sich aufdrängte. Er konnte nicht verstehen, dass er etwas nicht richtig verstanden hatte, dass nur er das wollte, was er vorhatte zu tun.

✡✡✡

Ein dunkler Parkplatz und ein Auto, das dort wartet. Ich hatte mich dazu überreden lassen, mit ihm einen Kaffee trinken zu gehen, so wie Schüler das mit Lehrern ab und zu machten, wenn sie mit der Schule fertig waren. Dort stand in der Dunkelheit sein Auto, war bereit, den falschen Weg zu fahren und zwei Leute mitzunehmen. Eine Hütte am Berg, kein Café. Dort blieb das Auto stehen und lud die Leute ab, um sie sich selbst zu überlassen.

Doch jemand sah das alles anders, dachte daran, dass jemand nun dem anderen überlassen und ihm ausgeliefert war. Das war ich, die ausgeliefert war. Längst stand dort nicht mehr dieser Lehrer, war nicht mehr zu erkennen, wer er war, klar war nur, dass er nicht die Berghütte präsentierte, um dort Kaffee zu trinken. Sekt und Cola, zur Feier des Tages.

Er schien zu feiern, dass ich dort war. Ich konnte mich weigern, Sekt zu trinken. Wollte weg und wollte weg und konnte nicht, weil dort nur sein Auto stand und es mich nicht alleine mitnehmen wollte oder konnte, ich hatte keinen Schlüssel. Wäre ich sonst geflohen oder weggerannt?

✡✡✡

Selbst schuld, du hast das alles ausgelöst.

16

Das Wochenende verbringen Julia und ich gemeinsam. Wir können uns nicht voneinander trennen, liegen den ganzen Samstag nur auf ihrer Couch herum, während Riva vor sich hindöst. Meine Arme sind um sie geschlungen und ihre um mich, wenn wir fernsehen oder reden, Musik hören oder alte Fotos von ihr anschauen.

Julia hat eine um zwei Jahre ältere Schwester. Gemeinsam sind sie oft auf den Fotos zu sehen. Ein Baby, das gerade in der Badewanne sitzt. Das ist Julia. Sie will bei dem Foto schnell weiterblättern, ich finde es süß. Sie hat viele gelockte schwarze Haare auf dem Kopf. Ihre Augen sind sehr groß und schauen genau in die Kamera. Der Bauch ist mit Schaum bedeckt und die Ärmchen streckt sie aus dem Wasser. Ich kann sehen, wie sie gestrampelt hat, so sehr sind die Arme auf dem Foto in Bewegung.

„Hast du immer schon so viele Haare gehabt?"

Ich kann's nicht glauben, war immer glatzköpfig als Baby und später hatte ich nur wenige dünne Haare. Auch jetzt sind meine Haare nicht besonders dicht.

„Ich bin mit einem schwarzen Lockenkopf zur Welt gekommen, haben meine Eltern erzählt. Die Haare habe ich im ersten Monat aber wieder alle verloren und erst dann sind mir die gewachsen, die ich auch jetzt noch habe."

Und die ich so gern mag. Wie süß und schwarz sie sind.

„Ich war ganz braun, als ich auf die Welt gekommen bin. Meine Mama hat immer Karotten gegessen, während sie schwanger war."

Die Bräune ist mit dem Sommer zurückgekehrt. Manchmal, da denk ich, ich bin ein Chamäleon, weil sich mein Teint so stark der Jahreszeit anpasst. Julia scheint immer leicht gebräunt zu sein, sehe ich auf den Fotos, als sie älter ist.

„Bist du das oder ist das deine Schwester?"

Die beiden sind nicht leicht zu unterscheiden, sehen sich sehr ähnlich und ich kenne die kleine Julia noch nicht sehr lang und nur von Fotos. Es fällt mir also schwer.
„Das ist meine Schwester.“
Zwei kleine Mädchen neben einem weißen Pferd. Zwei kleine Mädchen neben einem braunen Pferd.
„Das war mein Lieblingspferd.“
Sie ist also früher geritten.
„Ich wollte immer nur einen Hund“, sage ich. Der sitzt jetzt neben uns und hechelt die Fotos an, kann Julia und ihre Schwester auch nicht unterscheiden.
„Mich halt mal ein Pferd im Zirkus gebissen.“

✡✡✡

Da war ich zehn und wollte unbedingt den Zirkus sehen, aber niemand wollte mit mir hingehen. Also ging ich am Nachmittag alleine zum Zirkusplatz. Das Gras war schnell gepflückt, das ich dem Pferd vors Maul hielt. Das fraß es auch sehr schnell, nur dachte es dann, mein Bein sei noch mehr Gras und schnappte danach.

✡✡✡

„Es hat nicht besonders wehgetan, aber wir mussten danach mit dem Zirkusdirektor zur Polizei, um zu überprüfen, ob das Pferd gegen Tollwut geimpft war.“
Julia mit ihren Eltern, Julia mit ihrer Schwester, Julia auf einer Schaukel. Das kleine Mädchen ist Hauptperson auf diesen Fotos, die alles zeigen, was sie erlebt hat.
„Wie alt warst du da?“
Julia auf einem Motorrad.
„Sechzehn, da hat mich mein Vater fahren lassen.“
Ihr Vater hatte ein Motorrad, auf dem sie als Kind immer sitzen durfte. Später durfte sie mit ihrem Vater mitfahren. Schließlich, mit sechzehn, ihr erster Versuch selbst mit dem Motorrad zu fahren.

„Das war so schwer, weil ich noch so klein war und meine Beine waren viel zu kurz, um bis zum Boden zu reichen. Ich muss sagen, für dich war es viel leichter."
Julias Eltern leben noch zusammen, so wie meine.
„Das ist wirklich eine Ausnahme."
„Findest du das nicht komisch? Wir beide kommen aus einer der wenigen intakten Familien und dann folgen wir nicht ihrem Beispiel."
„Vielleicht war es das Beispiel, das uns abgeschreckt hat."
„Oder man wählt als gutes Beispiel die Person aus, die man am beeindruckendsten findet."
„Kanntest du als Kind zwei Frauen, die zusammenlebten?"
„Nein, und du?"
„Ich auch nicht."
„Das kann es also nicht gewesen sein."
Langsam zieht der Samstag an uns vorbei. Die Sonne scheint, doch lassen die Fenster von Julias Wohnung sie nicht rein. Am Nachmittag muss ich mit Riva raus, doch fällt die Runde kürzer aus als gewöhnlich. Julia wartet in der Wohnung auf mich, noch immer auf der Couch.
„Willst du heute Abend irgendwo hingehen?"
Weil weder ich, noch sie das wollen, bleibt uns auch der Abend in ihrer Wohnung.

17

Schon wieder ist da dieses Heft, das ich einfach achtlos zur Seite gelegt habe, um später wieder drin zu lesen. Es liegt dort und wartet noch immer darauf, dass ich mich darum kümmere. Bis jetzt noch keine Lust gehabt, noch keine Zeit und Mut. Die anderen Hefte zu suchen, verschob ich immer wieder. Will gar nicht wissen, was früher alles geschah, was ich alles in den Heften finden werde. Ein Blick und eine Frage, die sehr unerwartet kommt, weil ich daran nicht gedacht habe.

„Ist das dein Tagebuch?"

Nicht Neugier ist es, die sie zu der Frage veranlasst. Nur Interesse und das Wissen, dass sie alles wissen darf. Nur fragen muss sie und ich werd ihr sagen, was sie wissen möchte.

„Liest du mir was vor?"

Da war ich zehn, die anderen Hefte sind nicht zu sehen. Sie weiß nicht, dass sie existieren. Lüg ich und sag ich, dass ich nur ein Jahr lang geschrieben habe oder will ich doch die Wahrheit sagen und ihr vielleicht zeigen müssen, was dort oben noch liegt?

„Da sind auch viele Zeichnungen drin."

Sie hält das Heft in ihrer Hand, als ob es etwas Wertvolles wäre. Ich weiß, sie würde es nicht alleine aufschlagen, braucht mich dazu, die darin schon geübt ist. Doch hab ich selbst nicht genug geübt, nur diese kurzen Blicke, die ich vor Tagen hineinwarf und die vielleicht noch immer drin sind. Dann schlage ich das Heft auf, ich kenn den Inhalt schon. Ein paar Zeilen, die ich vorlese, sehr abgehackt geschrieben:

Heute waren wir einkaufen. Neue Schuhe bekommen.

Diese „Heute war ich"-Sätze ziehen sich durch das ganze Heft, wie ein roter Faden, der nicht nur schlecht formuliert, sondern auch schlecht gewählt ist. Die Zeichnungen geben schon mehr Auskunft darüber, was ich damals gemacht habe. Die ersten Versuche jemanden zu zeichnen. Sehr unförmig und nicht gut, aber trotzdem ein Anfang, der mich später hierher bringen würde.

„Mit zehn hast du schon gezeichnet?"

Julia zeigt sich sehr interessiert an dem Heft, ich würde es am liebsten wieder aus der Hand legen und zu den anderen geben, die niemand sehen kann, weil sie hinter einer Schachtel liegen. Ein paar Fotos sind eingeklebt, Bilder, die ich aus Zeitungen ausgeschnitten habe, Federn und andere besondere Dinge, die ich gefunden habe, werden vom Heft aufbewahrt.

„Ich find's schön, wenn man eine Erinnerung an seine Kindheit hat. Irgendetwas, das einem sagen kann, wie man früher war. So etwas vergisst man sehr schnell."

Ich wäre froh, wenn es diese Hefte nicht geben würde. Hätte ich sie verbrennen sollen, um sie nicht mehr finden zu können? Lodernde Flammen, die an altem Papier fressen, es in sich hineinsaugen, zerbrennen, verbrennen und dann wieder schwarz und unerkennbar hergeben, als hätten sie selbst es produziert, obwohl sie es zerstört haben.

„Schaust du dir oft an, was du da geschrieben hast?"

Ich sage, dass ich das Heft erst vor einigen Tagen wieder gefunden habe. Ein Zufall, der nicht oft passiert. Ein Fehlgriff, der das Heft zu Fall brachte und es vor meine Augen legte, um mich zum Lesen zu zwingen. Ich wollte doch gar nicht. Wollte nichts wissen, was ich schon vergessen hatte.

„Ich halte nicht viel davon, was früher passiert ist."

„Ich liebe alte Fotos und Bücher, die ich als Kind gelesen habe. Damit könnte ich Tage verbringen."

„Hast du nie Tagebuch geschrieben?"

„Manchmal, aber das erste Tagebuch ist nicht voll geworden und deswegen irgendwann verschwunden oder ich hab's weggeschmissen, bei einem Umzug verloren oder irgendwas

in der Art. Jedenfalls würde nicht viel drinstehen, was mich in frühere Gefühle zurückversetzen kann."
Sie blickt wieder auf die beschriebenen Seiten des Heftes, eine Schrift, die nicht sehr lange meine geblieben ist. Hat sich verändert, ist mal runder, mal eckiger geworden, aber nie gleich geblieben. Nur jetzt sieht sie immer noch so aus wie vor ein paar Jahren. Sie ist erwachsen geworden, hat sich entschieden, wie sie aussehen will.
„Findest du es nicht faszinierend, wie sehr sich eine Handschrift im Laufe der Jahre verändert?"
Julia überlegt, stimmt mir zu, ist wieder ganz vertieft in das, was ich vor Jahren geschrieben habe.
„Du magst mich als Zehnjährige", stelle ich fest.
Sie nickt enthusiastisch. Natürlich mag sie mich als Zehnjährige, will alles lesen, was ich geschrieben habe.
„Hast du noch mehr Hefte?"
Für jedes Jahr eines, jedes Jahr eine andere Farbe des Umschlags, jedes Jahr neue Wörter, die Zeilen füllen, schließlich Seiten füllen und das Heft zu etwas machen, das immer überall dabei war. Ein Zeuge also, zeigt auf Sachen, die ich gemacht habe, zeigt auf Sachen, wo sie sagen, dass ich selbst schuld bin.
„Ein paar."
Das lässt Raum offen, schließt keine Türen, lässt Platz für Vermutungen und Fragen, die sie stellen wird.
„Darf ich die sehen oder magst du nicht mehr in alten Sachen rumstöbern?"
Ich muss sie ihr nicht zeigen, kann sagen, nein, das will ich nicht, kann die Hefte einfach am Schrank liegen lassen, muss nichts tun, was zu gefährlich wäre, etwas loszubinden, das sich auch von selbst losreißen kann.
„Klar kannst du sie sehen. Aber die sind nicht viel interessanter als das hier."
Das reicht für sie, schon interessant genug, was ich mit zehn gemacht hab. Wie interessant wird sein, was war, als ich schon älter war.

Ich stehe auf, stell mich aufs Bett, um auf den Schrank sehen zu können. Sehr dunkel und staubig ist es dort. Hefte kann ich keine sehen, aber meine Hand ertastet sie, als sie sich weiter vorwagt. Altes Papier zwischen meinen Fingern, das raschelt und geheimnisvoll, verheißungsvoll auf das vorbereitet, was man darin lesen kann. Nichts Aufregendes steht drin, das weiß ich, nur Alltag, der mal gut, mal schlecht, mal so schlecht ist, dass man darüber nicht mehr lesen mag. Die anderen Hefte zeig ich ihr gern, nur dieses eine, das sollte besser geschlossen bleiben, um keinen Schaden anzurichten. Ein großer Stapel. Fällt runter, als ich ihn nach vorne schiebe, ich krieg ihn nicht zu fassen, kann nur warten, bis er sich am Boden ausgebreitet hat.
„Das sind aber viele."
Julia zeigt sich beeindruckt. Liebt Staub und alte Sachen, die lange niemand angeschaut hat. Wie diese hier.
„Welches willst du lesen?"
Ich halte ihr die Hefte entgegen, eine breite Auswahl an bunten Umschlägen.
„Jeder Umschlag hat eine andere Farbe", stellt sie fest.
„Ich hab jedes Jahr ein neues Heft begonnen."
„Hast du nicht gewartet, bis ein Heft voll war?"
„Ich wollte, dass alle am gleichen Tag beginnen und für jedes Alter ein eigenes Heft."
„Aus welchem willst du mir vorlesen?"
Ich habe die Wahl, kann nehmen, welches ich will. Kann irgendetwas vorlesen, das auch mich interessiert, weil es etwas Lustiges ist.
„Ich les dir von dem ersten Jahr in Italien vor."

Der Job ist schon vergeben. Was soll ich jetzt machen? Wenn ich das gewusst hätte, wäre ich daheim geblieben. War das eine dumme Idee? Mama und Papa dürfen nichts davon erfahren. Gestern bin ich zum Chef des Lokals gegangen und hab gefragt, ob er noch Leute einstellt. Da waren aber schon alle Jobs vergeben. Die machen das immer schon im Mai oder Juni. Wenn man dort arbeiten will, muss man früher kommen. Aber da war ich noch in der Schule.

Morgen geh ich zum Strand, dort suchen die auch immer jemanden, der die Liegestühle richtet, die Schirme zuklappt und so was. Aber jetzt ist Juli. Schaut nicht gut aus, dass ich noch was finde. Morgen probier ich's noch, sonst kauf ich ein Zugticket und fahr wieder heim. Ist sicher besser, als hier zu bleiben. Ich hab fast kein Geld mehr. Wenn ich nichts arbeite, reicht das sicher nicht länger als für zwei Wochen. Heute hab ich mit Mama und Papa telefoniert. Die wissen noch nichts. Die glauben, dass ich schon arbeite. Ich kann nicht sagen, dass die niemanden mehr brauchen. Sie hätten mich nicht einmal fahren lassen. Ich bin erst siebzehn und sie machen sich Sorgen. Vielleicht klappt es morgen, sonst fahr ich wieder heim.

Ist natürlich nichts draus geworden. Eh klar, dass die keinen mehr brauchen. Es müssen ja auch nicht hundert Leute die Liegestühle aufstellen. Da reichen schon ein paar und ich war zu spät dran. Ich kann auch gar nicht so gut Italienisch, hab den Chef dort fast nicht verstanden. Die reden immer so schnell und Englisch kann sowieso keiner gut. Deutsch natürlich auch nicht. Was wollte ich eigentlich als Kellnerin? Vielleicht hätte ich die Leute nicht verstanden und dann hätte ich dort nicht arbeiten können. Jetzt arbeite ich gar nicht. Ich hab aber heute ein paar von den Straßenmalern gesehen. Das wäre viel besser als kellnern. Ein bisschen zeichnen und damit Geld verdienen. Wie die das machen können?

Heute war ich bei der Stadtverwaltung. Die konnten Englisch und ich hab dann auch verstanden, was sie sagen wollten. Die haben mir gleich Formulare in die Hand gedrückt. Ist nicht gerade billig, so eine Genehmigung für den Platz, den man zum Zeichnen braucht. Da stehen ja nur zwei Hocker und der Zeichenblock. Ich hab dann aber unterschrieben und das Geld hat noch gereicht, um die Genehmigung zu zahlen. Jetzt hab ich einen Schein, den ich immer dabeihaben muss. Keep it, hat der dort gesagt. Meine Eltern wissen nichts davon, aber ich bleib hier und schau mal, was sich mit dem Zeichnen verdienen lässt. Zumindest das Geld für ein Zugticket muss ich verdienen, sonst komm ich nicht mehr heim. Ob ich dann hier bleibe? Glaub nicht, im Winter ist nichts los, die Leute verstehe ich auch nicht. Außerdem muss ich im Herbst wieder in die Schule. Aber später kann ich ja machen, was ich will und kann auch wohnen, wo ich will. Vielleicht hier, wenn sich das Zeichnen auszahlt.

Das war ziemlich gut. Die Leute haben mich alle angestarrt und mich sicher erst für vierzehn gehalten, aber ein paar sind doch hergekommen und wollten sich zeichnen lassen. Das ist auch billig bei mir, bei den anderen kostet es viel mehr und es geht auch schnell. Ein Portrait dauert zehn Minuten. So lang kann jeder still sitzen. Wenn sich die ersten zeichnen lassen, schauen hinten immer schon die anderen zu und überlegen sich, ob sie sich auch zeichnen lassen wollen. Die haben zwar komisch geschaut, weil ich noch so jung war, aber vier Leute hab ich schon gezeichnet. Das sind vierzig Euro. Nicht schlecht und wenn ich morgen noch vier Leute zeichne, reicht es schon für ein Zugticket.

18

Julia lauscht, lässt Worte Bilder in ihren Gedanken malen.
„Das hab ich dir aber alles schon erzählt. Langweilt dich das nicht?“
„Ich würde gern mehr hören. Darf ich schauen?“
Sie greift nach den Heften, sieht Farbe und Zahl an und will, dass ich ihr aus jedem Heft ein paar Seiten vorlese. Und weil ich schon so ins Lesen vertieft bin, weigert sich in mir nichts mehr, sondern ich schlage Heft für Heft auf, lese vor, was dort steht. Tauche selbst wieder ein in eine Welt, die meine und doch zugleich schon weit entfernt ist. Nur eine Heftreise entfernt, brauch nur ein Heft zu öffnen, um Zeitreisen zu machen.
„Ich war früher ziemlich dumm.“
„Du warst früher ziemlich süß.“
Wir liegen nebeneinander auf dem Bett, ich genieße ihre Nähe, die immer noch sehr aufregend ist. Nicht nur die Angst davor, die Hefte aufzuschlagen, die jetzt schon verschwunden ist, hat mein Herz dazu gebracht, schneller zu schlagen.

Heute hab ich meinen Eltern davon erzählt. Sie wollten wissen, warum ich mit meinem Freund Schluss gemacht habe. Da hab ich es einfach gesagt, das ist mir so rausgerutscht. Dass ich keinen Freund mehr haben will, weil ich eigentlich noch nie einen haben wollte. Das haben sie nicht verstanden. Dann habe ich es genauer erklärt. Dass ich viel lieber Frauen anschaue als Männer und dass ich mich in einen Mann nicht verlieben kann. Da waren sie geschockt. Vielleicht hätte ich es nicht sagen sollen. Das Monster hat mich schon davor gewarnt und ich hab es ja auch immer vertreiben wollen. Aber irgendwann geht das nicht mehr. Jetzt wissen sie es wenigstens und es gibt etwas weniger, was ich ihnen nicht sage. Warum das so ein Schock für sie war, versteh ich nicht. Ist doch egal. Das denk ich wenigstens, aber sicher bin ich mir nicht. Ob sie das verstehen können, wissen sie nicht. Das ist doch nicht normal. Wie ich auf so einen Gedanken komme. Dass das nur ein Trend ist. Dass sich das wieder ändern wird. Dass das nicht normal ist. Dass sie das nicht wollen. Dass das nicht normal ist. Dass das nicht normal ist. Dass das niemand macht. Was die anderen denken sollen. Das war das, was sie die ganze Zeit gesagt haben. Eigentlich immer das Gleiche. Aber es ist mir ziemlich schwer gefallen, nicht zu weinen anzufangen. Sie waren manchmal ziemlich gemein zu mir. Ich wollte es ihnen eh nicht erzählen, aber sie haben doch gefragt. Ich muss ihnen doch erklären, was ich denke. Das sollten sie verstehen. Ich finde es blöd, dass sie sich so aufregen. Ist doch echt egal. Und wer soll davon erfahren? Wenn sie es nicht ausplaudern, ich sicher nicht. Jetzt sitzen sie unten und beraten, was sie deswegen machen sollen.

„Du hattest es da ziemlich schwer."

Bei ihr war es ganz anders. Ihre Eltern waren viel verständnisvoller und nicht so sehr darauf bedacht, was sie für richtig hielten. Nur eine kurze Zeit, wo sie nicht wusste, was sie davon halten würden. Doch irgendwann war es gesagt und niemand war böse. Kein Geschrei und keine Vorwürfe. Keine Worte, die falsch gewählt waren, weil sie nicht richtig sein konnten.

„Wir haben lange darüber geredet und dann gab es nichts mehr zu sagen."

„Das hängt sicher damit zusammen, dass deine Eltern in einer großen Stadt leben. Kleinstadtgespräche können richtig schlimm werden."

„Du hast keinen Kontakt mehr zu deinen Eltern, oder?"

„Ich hab schon seit zwei Jahren nicht mehr mit ihnen geredet."

„Wissen Sie, wo du bist?"

„Sie würden es nicht wissen wollen."

„Aber nach zwei Jahren sollte doch ein Konflikt schon verarbeitet sein."
„Das wird immer durch die Art des Konfliktes entschieden. Jeder muss selbst bestimmen, wann für ihn die Zeit gekommen ist, um nachzugeben."
„Denkst du nicht, dass die Zeit für deine Eltern sicher schon gekommen ist? Wenn sie sich wünschen, wieder etwas über dich zu erfahren, haben sie keine Möglichkeit dazu, weil sie nicht wissen, wo du bist."
„Das ist ein wenig anders als du denkst."
Das beendet das Gespräch, lässt uns zurückkehren zu den Heften und zu einer Vergangenheit, die nun vor uns ausgebreitet am Boden liegt. Sehr übersichtlich und überschaubar und in Jahre eingeteilt. Von oben blicken wir herab auf Worte, die früher Taten waren. Auch für mich sind diese Worte jetzt Geschichte und das nicht nur, weil sie schon vergangen sind, sondern auch weil sie so weit entfernt von meinem Leben jetzt erscheinen.
„Was bedeuten die Farben der Umschläge?"
„Ich habe sie immer erst ausgewählt, wenn das Heft beendet war und ich schon ein neues begonnen hatte. Dann wusste ich, welche Farbe dazu passte."
„Aber wieso kommt dann jede Farbe nur einmal vor?"
Jedes Jahr hat einen Charakter und der Charakter kann einer Farbe zugewiesen werden. Farben entstehen nur durch Absorption von Licht und jedes Jahr ist unterschiedlich hell und dunkel. Die hellen Tage sind die, an denen weite Sicht gegeben ist und ein Ausblick auf etwas Späteres. Dunkle Tage versperren alles, sperren alles zu und ein und lassen nichts mehr rein. Dunkle Tage sind die, an denen keine Sicht gegeben ist. Alles bleibt nur schemenhaft erkennbar, nicht einmal ich erkenne mich außerhalb des Umrisses. Und Schatten schleichen weiter, wo Menschen in die dunklen Tage geraten sind. Ein Jahr, das viele helle Tage hat, braucht nur wenig Licht von außen, um es zu reflektieren. Weiß steht hier also für ein sehr helles Jahr, wo nicht mehr viel Licht notwendig war, um eine Reflektion zu erzeugen.

„Die Farben zeigen, ob du in einem Jahr glücklich warst?"
Julia versteht, was ich ihr beschrieben und wie wild umschrieben habe.
„Was bedeutet dieser schwarze Umschlag?"

☼☼☼

Schwarze Dunkelheit, die nimmt, was sie sich nehmen will und nichts mehr davon hergibt. Nur sie allein lässt Menschen Dinge tun, die Neonlichter schon verhindern. Ein Lehrer wird zu einem Mann, der Fallen stellt und alles fängt, was dort hineinfällt. Im Dunkeln dann sieht er sich an, was er dort gefangen hat, entscheidet, was damit zu tun ist. Ein Netzt zu knüpfen, um die Beute darin zappeln zu lassen oder Sekt und Cola einzukaufen, um etwas anzupflanzen, das er bald ernten will. Gewächshäuser sind oft schon Hütten gewesen, auf einem Berg, wo Fotos noch an frühere Tage erinnern und Lehrer nicht zur Ruhe kommen, sondern immer in Gesellschaft sein müssen. Schwarz und dunkel ist die Nacht in diesen Hütten und Dunkelheit verdeckt, was ich nicht sehen soll. Natürlich will ich's auch nicht sehen, drum schau ich weg, als ein wahres Gesicht zum Vorschein kommt und Hoffnung zweier Leute stirbt.
Die beiden sind es selbst, die gegenseitig Hoffnung vernichten. Manch einer vernichtet nicht nur das. Wie viele Hände braucht der Mann, um festzuhalten, was er gefangen hat? Wer schnitte keine von den Händen ab, wer schnitte keiner von den Händen ihren Weg ab? Dies geht schon leichter, nur Mut dazu, kann nichts passieren, was schlimmer wäre, als die Hand gewähren zu lassen. Zwei Beine, die zu mir gehören, doch jemand will sie stehlen und für seine Zwecke missbrauchen. Eine Hand will durch das feindliche Gebiet, will es zu einer Kolonie machen.
Dass das nicht gelingt, daran muss ich nicht lange zweifeln. Wo die Hand hinwill, dort hat sie nichts verloren und rein gar nichts zu suchen. Den Lehrer will man verfluchen, weil

er sich durch nichts belehren lässt. Die Angst kann schwarz sein oder weiß, doch in beiden Fällen ist sie gleich.

☼☼☼

„Ich kann nicht glauben, was der getan hat. Der war dein Lehrer?"
„Ich will nicht mehr darüber reden."
Der Vorhang wird zugezogen, die Vorstellung ist vorbei und Julia schweigt entsetzt.
Die Dunkelheit hat viele Gesichter, aber keines davon kann man sehen.

19

Schwer und geduldig hängt die träge Luft über der Stadt. Sie wartet, bis sich genug Hitze gesammelt hat, um eine Entladung zu rechtfertigen. Ein Grollen aus weiter Ferne lässt sich hier vernehmen und kündigt an, was auch hier bald geschehen wird. Noch bleiben düstre Wolken düster, kein Blitz erhellt den Himmel. Doch ahnt man schon, dass nicht mehr viele Minuten vergehen werden, bis Regen sich über ausgedörrte Wiesen ergießt und Bäche überflutet. Julia und ich liegen nebeneinander auf einer dieser Wiesen. Der Votivpark wird von Straßen umrundet, auf denen Autos schon vor dem Gewitter davonrasen. Der Boden ist heiß, hat Wärme in sich aufgenommen, die er später dampfend abgeben wird.

Ich mache einen Kranz aus Gänseblümchen. Immer wieder reißen dünne Stängel durch, wenn ich mit einem Fingernagel ein Loch hineinmachen will. Die Kette wird nur langsam länger, schließlich ist sie fertig. Ich lege sie auf Julias dunkle Haare. Die ist eingedöst, hat ihre Augen zu und merkt nicht, wie ich die Blumen auf ihren Kopf lege. Wir sollten fahren, bevor wir Regen spüren. Der liegt schon in der Luft. Julia schaut auf, als ich ihr vom nahenden Gewitter erzähle.

„Wo ist die Sonne hin?"

Sie lacht, blickt auf die dichte Wolkenwand, die sich voranschiebt. Noch ist der Himmel blau, der über dem Park hängt. Doch weiter hinten sieht man Wolken, die bald von Blitzen erhellt werden.

„Wir sollten uns wirklich beeilen."

Das Motorrad steht auf der anderen Straßenseite. Die Helme sitzen bald auf unseren Köpfen und wir am Motorrad, das gleich losfährt. Es will nicht warten, bis Flutwellen es tragen. Doch weil der Regen nicht mehr warten kann, spüren wir schon erste Tropfen auf unseren nackten Armen. Die zerplatzen dort und hinterlassen nasse Spuren. Die Straße ist

gesprenkelt mit dunklen Flecken, doch das Motorrad braust darüber. Es beeilt sich, uns nach Hause zu bringen. Die letzte Ampel ist erreicht, als ein Grollen ertönt und gleichzeitig die Stadt von einem Blitz beleuchtet wird.
Die Finsternis, die Wolkenwände verursacht haben, ist ein Blinzeln lang verschwunden und gelbes Licht macht Geistergegenstände aus allem, was davon beleuchtet wird.
Wir entkommen dem Regen nicht, obwohl das Motorrad beschleunigt, um vor dem Haus zum Stehen zu kommen. Die Reifen rutschen weg, Wasser macht einen Halt unmöglich, ein Schlittern und zwei Beine, die sich gegen den Fall wehren. Zum Stehen kommt das Motorrad schnell, wenn eine Hand vom Gasgriff weggegeben wird.
Damit es nicht genauso schnell zum Liegen kommt, strengen sich zwei Beine an, die sich gegen den Boden stemmen und das Motorrad wieder aufstellen.
Die letzten Meter schiebt Julia es, während ich neben ihr gehe. Der Schreck sitzt uns noch in den Beinen, das Motorrad hätte jeden Moment umfallen können. Dann steht es zwischen zwei Autos und wir lassen in meinem Zimmer alles, was nicht trocken ist, von unseren Körpern verschwinden. Nicht viel bleibt also angezogen. Nun kann schon über wassernasse Straßen gelacht werden. Während draußen noch immer Blitz und Donner wetteifern, verkriechen wir uns unter der Bettdecke.

Riva stupst mit ihrer Schnauze gegen das Bett. Will Aufmerksamkeit haben. Julia und ich streicheln sie so lange, bis sie sich auf den Rücken dreht und uns ihren Bauch entgegenstreckt. Dort will sie nun gestreichelt werden.
„Die kann nie genug kriegen“, sagt Julia.
Dann liegt Riva wieder auf ihrer Decke, den Kopf auf ihren Pfoten. Wir haben Hunger.

20

Ein Monat ist vergangen, seitdem ich Steffi im Subzero getroffen habe. Es ist wieder Freitag und Julia und ich fahren mir dem Motorrad bis vors Lokal. Sehr praktisch, wenn man nicht auf den Bus warten muss.

Heute ist das Lokal nicht so leer wie vor einem Monat. Es ist auch nicht mehr so früh wie beim letzten Mal. Wir müssen ein paar Minuten warten, bis wir unsere Helme an der Garderobe abgeben können, weil viele Leute vor uns stehen. Die Bilder an den Wänden und die Wände sind noch immer die gleichen. Aber ich fühle mich nicht mehr so unsicher wie damals. Hab heute meine Freundin an meiner Seite. Die wird mich auch beschützen, falls eine, die ich von früher kenne, wieder hier ist.

Das Lokal scheint ein Treffpunkt für die immer gleichen Leute zu sein. Einige kommen mir bekannt vor, weil ich sie vor einem Monat hier gesehen habe. Das Lokal hat noch einen Raum, den ich damals nicht entdeckt habe. Die Stufen, die vom Eingang runterführen, bringen einen direkt hinein, wenn man geradeaus weitergeht. Sehr laut und dunkel ist es drin und auf einer Tanzfläche bewegen sich bunte Figuren zur Musik. Vor der Tanzfläche ist eine Bar, bei der Julia und ich uns was zu trinken holen. In diesem Raum sind nicht nur Frauen, sondern da stehen auch Männer an die Wand gelehnt.

Ich werde an der Hand zur anderen Bar geführt, wo ich andere Musik höre und wo die Tanzfläche viel kleiner ist. Hier ist es auch nicht dunkel. In einer Ecke entdecken wir einen Fußballtisch, auf den wir sofort begeistert zusteuern. So gern ich Tischfußball spiele, so schlecht bin ich dabei. Ich übernehme die blaue Seite, während Julia mit den roten Männchen versucht, den Ball in mein Tor zu schießen. Sie ist dabei nicht viel besser als ich. Wenn überhaupt, landet ein Ball nur durch Zufall im Tor, manchmal auch im eigenen.

Als der Ball in der Mitte des Feldes liegen bleibt und keines der Männchen ihn mit seinen zusammengeklebten Füßen erreichen kann, hebt Julia den Tisch, um den Ball wieder zum Rollen zu bringen. Was dabei ins Rollen kommt, ist ihre Bierflasche, die sie am Rand des Tisches abgestellt hat. Schäumende Flüssigkeit und Scherben regnen zu Boden, verteilen sich dort, die Flüssigkeit rinnt weiter, die Scherben bleiben liegen.

„Das war nur ein Trick, um zu gewinnen."

Natürlich gewinnt sie. Bei einer zweiten Runde spiele ich nicht besser. Nur, dass dieses Mal keine Bierflasche zu Boden fällt.

Dann tanzen wir, ich habe mir ein Lied gewünscht, das gespielt wird. Um uns herum wird mitgesungen, wir tanzen, bis uns so heiß ist, dass wir eine Pause machen müssen, um uns wieder abzukühlen.

„Bist du schon öfter hier gewesen?", frage ich sie.

„Früher schon. Das ist wie eine Befreiung, wenn man zum ersten Mal in ein Lokal geht und dort küssen kann, wen man will. Und niemand starrt einen dabei an, nur weil man eine Frau küsst."

„Und niemand holt dabei seine Videokamera aus der Tasche und verkauft das Video im Internet."

Ein lustiger Gedanke, der gar nicht unerreichbar weit hergeholt ist.

„Wenn die einen dafür wenigstens bezahlen würden."

„Aber das tun sie natürlich nicht."

„Wer weiß, wie oft wir schon von dem Mann im Nachbarhaus gefilmt worden sind, der kann ja direkt in meine Wohnung schauen."

„Wenn der nichts Besseres zu tun hat."

Leute kommen und gehen in den Raum, stehen in Gruppen zusammen oder sitzen herum, trinken Bier, reden. So wie wir. Eine Runde durchs Lokal gibt mir darüber Auskunft, ob sie schon hier ist. Nicht weil ich sie treffen will, sehe ich mich nach ihr um. Ich will vorbereitet sein, wenn sie wieder irgendwo steht und ich sie entdecke. Ich kann mir nicht

vorstellen, dass sie auch dieses Mal ohne ihre Freundin hier ist. Kann sie denn immer wieder neue Leute mit in ihre Wohnung nehmen? Für eine Nacht, die endet, wenn der Tag beginnt und ihre Freundin heimkommt. Ob die es weiß? Ob es ihr egal ist? Ob sie fremden Geruch in ihrem Bett erstöbert? Ob sie zur Rede gestellt wird? Sie lässt kleine Kobolde das benutzte Handtuch waschen, den Bademantel wieder an seinen Platz hängen. Damit sie nichts merkt, wenn sie heimkommt. Dann ist die andere Person schon weg und entweder froh darüber oder traurig. Dazwischen gibt es wahrscheinlich nichts. Außer es ist ihr egal.
Dann bin ich doch unvorbereitet, als ich sie sehe. Hab meinen Radarblick ein paar Momente außer Acht gelassen und an etwas anderes gedacht, als jemand mich von hinten anspricht und meinen Namen ruft. Dort steht sie, vor mir, als ich mich umdrehe. Sieht noch genauso aus wie vor einem Monat. Und gar nicht erstaunt ist sie, dass sie mich sieht, auch nicht, als sie sieht, dass ich nicht alleine hier bin. Denn auch sie steht nicht alleine. Eine große, schlanke Frau steht neben ihr, hat ihre Arme sehr bestimmend und besitzergreifend um sie geschlungen. Will damit sagen, dass sie alles abwehrt, was sich ihnen nähert.
„Das ist Regina."
Hände lösen sich nun doch, schütteln andere Hände, die gar nicht daran interessiert sind. Lächeln wird einander geschenkt, das keiner haben will. Meines bleibt unausgepackt.
„Das ist eine alte Freundin. Wir waren in der Schule eine Zeit lang zusammen in einer Klasse."
Zwei Sätze und alles ist gesagt. Nichts außer dem interessiert das Gegenüber, das neben Steffi steht. Blond gefärbte Haare zieren ihren Kopf, das Gesicht ist geschminkt, ich schätze sie auf mindestens dreißig.
Ich stelle ihnen Julia vor, die schaut und staunt und sich wundert, dass ich nichts von dieser Frau erzählt habe.
„Wie geht's im Studium voran?"

Steffi plaudert, hält Worte vor Vorwürfe, die ihr zwei Personen machen könnten. Die dritte steht nur da und schaut und wundert sich noch immer, wer diese affektierte Frau ist, die redet und dabei von Armen gefesselt ist.
„Ich habe damit aufgehört."
„Aber warum denn?"
Sie klingt wie eine schlechte Schauspielerin, die ihren Text vergessen hat und improvisiert. Nur, dass ihr keine Sätze einfallen, sondern Phrasen, die sie in vorangegangenen Teilen des Theaterstückes schon einmal gesagt hat. Sehr unecht klingt das alles und so, als ob man es schon einmal gehört hätte. Zumindest ich, hab viel gehört, das sie gesagt hat. Hab's gemocht und dann vermisst und hass es jetzt.
„Es hat mich zu sehr eingeengt. Ich will lieber wieder Portraits zeichnen, so wie früher."
Früher ist ein Wort, das selbst sie versteht.
„Ach ja, deine Portraits."
Sie lächelt, schiebt das Wort zur Seite, tut es ab, als sei es etwas, über das man nur lächeln könnte.
„Die waren nicht mal schlecht."
Soll das ein Lob sein? Ich weiß nicht, was aus ihr geworden ist, seitdem sie von mir verschwunden ist und weggegangen, ohne Schafhirtin zu werden. Vielleicht war sie schon immer so und ich hab's nicht bemerkt, weil ich blind vor einem Gefühl war, das ich damals erst kennen lernte und noch nicht kannte.
„Du malst?"
Da schaltet sich auch die blonde Regina ins Gespräch ein. Augenbrauen werden hochgezogen, die aus nichts bestehen, außer aus zwei schwarzen Strichen ohne Haare.
„Und was machst du?"
Steffi ergreift die Gelegenheit, mit Julia ins Gespräch zu kommen, wenn sich ihre Freundin schon am anderen beteiligt hat. Ich würde gerne sagen, dass heute Nacht ganz bestimmt nicht Plätze in Betten getauscht werden und sie ihre Finger von meiner Freundin lassen soll. Doch jetzt sind es nur Fragen, die sie an sie richtet.

„Ich studiere Grafikdesign."
Jetzt geht und teilt euer Bett mit niemandem außer euch beiden. Das will ich sagen, schweige aber und höre zu, was sie zu erzählen hat.
Dass wir in ihrem Geschäft vorbeischauen sollen. Dass sie so viel arbeitet.
Dass ihr die Arbeit Spaß macht.
Dass sie froh ist, uns getroffen zu haben.
Dass sie jetzt weiterschauen werden.
Dass sie uns noch einen schönen Abend wünscht.
Dass wir uns sicher noch sehen.
Dass wir uns sonst sicher bald wiedersehen.
Dann ist sie weg und ich schaue ihr nicht so lange nach, wie ich das mit vierzehn gemacht habe.
„Das ist eine Freundin von dir?"
„Als ich vierzehn war, sind wir in dieselbe Klasse gegangen."
Das drückt nicht aus, was damals wirklich zwischen uns war.

21

✡✡✡

Ein Tag am See endete mit dem Entschluss, ins Strandbad einzubrechen. Während wir darauf warteten, dass die Nacht uns einhüllte und versteckte, ließen wir unsere Füße ins Wasser hängen, schauten den Schwänen zu, wie sie den Kopf unter Wasser tauchten oder schnatternd näher kamen.

„Wir hätten Brot mitbringen können."

Sie wollte die Schwäne füttern, die uns den Hals entgegenreckten und sich streckten, um vielleicht an unsere Zehen heranzukommen. Die zogen wir rechzeitig hoch, damit uns kein Schwanenschnabel in den Fuß beißen konnte. Der See war an dieser Stelle nicht breit, weil er in einen Fluss mündete. Dafür war die Strömung stärker und zog Enten und Schwäne mit sich, die mit orangen Füßen dagegen ankämpften. Weiße Federn trieben zusammen mit Blättern dem Ende des Sees und damit dem Fluss zu, der sie davonspülte.

Ich stand auf, holte ein Stück Rinde von einem Baum, befestigte darauf einen kleinen Ast, über den ich ein Blatt gespannt hatte. Das Segelschiff war fertig und bereit, den Federn und Blättern zu folgen. Ich ließ es ins Wasser fallen, wo die Rinde aufsetzte und schaukelte. Dann trieb das kleine Boot in die Mitte, wo es von der Strömung erfasst und mitgerissen wurde. Nicht, dass die Strömung besonders stark gewesen wäre, aber das Boot war so klein, dass schon ein leichter Sog es davonriss.

„Ich hab mal eine Flaschenpost weggeschickt", sagte sie. „Ich hab einen Zettel in eine Flasche gesteckt, auf dem meine Adresse stand und dass ich mich freuen würde, wenn mir jemand schreibt. Dann hab ich sie ins Meer geworfen und ein paar Monate später hat mir jemand geschrieben."

Darüber war sie überrascht. Nicht nur, weil ihre Flaschenpost nicht untergegangen war, sondern darüber, dass ihr jemand schrieb. Ein Kind hatte sie gefunden und ein Foto mitgeschickt, auf dem zu sehen war, wie es die Flasche aus dem Wasser zog.

„Die ist keine hundert Meter weiter wieder an Land gespült worden, wo ich sie hineingeschmissen hatte. Das hat ein paar Monate gedauert."

Sie stellte sich die abenteuerlichsten Geschichten vor, wie die Flasche ins Netz von Fischern geriet, die sie wieder ins Wasser warfen, wie sie an Land gespült, aber nicht gefunden wurde und wie die Flut sie wieder mitnahm. Dann kam die Flaschenpost wieder dort an, wo sie weggeschickt worden war.

„Hast du dem kleinen Buben oft geschrieben?"

„Nur einmal, ich hab mich dafür bedankt, dass er mir ein Foto geschickt hat."

„Und dafür, dass er die Flasche aus dem Wasser geholt hat."

„Sonst wäre sie von einem Wal verschluckt worden."

Es hatte zu dämmern begonnen. Die Sonne senkte sich langsam dem Wasser entgegen, schon berührten rote Strahlen die Oberfläche und spiegelten sich darin wider. Ein Leuchten war das auf dem Wasser, das uns zum Hinschauen zwang. Sehr schön war es, hier zu sitzen und der Sonne zuzuschauen, die sich im Wasser widerspiegelte.

„Wie lange müssen wir warten, bis wir ins Strandbad können?"

„Es muss wenigstens dunkel sein. Der Zaun ist beleuchtet, aber drinnen sieht man uns nicht. Wir müssen nur über den Zaun kommen und dann ganz schnell weglaufen und das Gleiche noch einmal beim Rückweg."

Als es dunkel war, standen wir auf und gingen bis zum Zaun des Strandbades, um zu prüfen, wie hoch er war.

„Ich komm da nicht drüber", sagte sie.

„Das ist doch nicht schwer. Du steigst einfach in die Maschen hinein, hältst dich fest und ziehst dich hoch."

Das war leicht gesagt, schwerer war, es zu tun. Ich rutschte immer wieder ab, weil meine Schuhe zu dick für die Maschen waren. Sie stand noch unten und sah mir zu.
„Wir müssen die Schuhe ausziehen."
Die warfen wir über den Zaun. Hier war niemand, der uns zusah. Dann versuchte ich wieder, Halt zu finden, was nun schon viel leichter war.
„Komm, bevor uns jemand sieht."
Sie war auf gleicher Höhe, hielt sich mit beiden Händen fest und wir kletterten immer höher, bis wir ein Bein in eine Masche auf der anderen Seite stellen konnten. Der Zaun neigte sich nach vorne, doch blieb er stehen. Meine Füße schmerzten. Ich kletterte ein Stück nach unten, bevor ich runtersprang und im weichen Gras landete. Wir schnappten unsere Schuhe und rannten und rannten, bis wir nicht mehr vom Licht beleuchtet wurden. Hier sah man nur die Straßenlaternen auf der anderen Seite des Sees und der Mond stand noch sehr tief. Vor uns war der Zehnmeter-Turm. Das eigentliche Ziel des nächtlichen Ausflugs.
„Da rauf."
Wir standen unten und hatten unsere Köpfe in den Nacken gelegt, um bis oben sehen zu können. Sehr viele Sprossen, die wir hinaufsteigen mussten, um in zehn Metern Höhe zu landen. Sie war dicht hinter mir, schon bald hatten wir den ersten Meter erklommen. Das war nicht schwer und die nächsten zwei Meter waren auch schnell geschafft. Dann lag nur noch der Fünfmeter-Sockel zwischen uns und dem höchsten Punkt des Turms. Dort blieben wir kurz stehen, um uns auf die letzten Meter vorzubereiten. Dann waren wir oben. Unter uns lag dunkles Wasser, das von Spiegelbildern aufgehellt wurde. Ich wagte mich nicht ganz nach vor, hatte Angst, etwas könnte mich in die Tiefe ziehen und mich zwingen, zehn Meter runterzuspringen. Deswegen blieb ich weiter hinten stehen, während sie ganz bis zum Rand ging.
„Das ist so beeindruckend."
„Schau, wie weit man von hier aus sehen kann."

„Du musst herkommen, von dort hinten siehst du gar nichts."
Aber ich blieb dort stehen und wagte mich nicht weiter nach vorne. Am anderen Ende des Sees leuchteten Lichterketten, Lichter, die sich bewegten und Lichter, die im See schwammen, davor dunkle Uferstreifen. Auf der Uferpromenade gingen Leute spazieren, die von oben winzig aussahen.
„Können uns die sehen?"
„Ich glaube nicht, außerdem schauen sie jetzt sicher nicht nach oben."
Wir waren hier in Sicherheit vor denen, die etwas gegen diesen nächtlichen Ausflug einzuwenden hatten. Das waren Leute, denen das Strandbad gehörte oder Leute, die sich wichtig vorkamen und für Abenteuer längst zu alt waren.
„Wir könnten die ganze Nacht hier bleiben."
Das war nur eine Idee, die nicht dazu bestimmt war, durchgeführt zu werden.
„Geh nicht zu weit nach vorne."
Ich hatte Angst, dass etwas sie in die Tiefe reißen und mich alleine am Turm zurücklassen könnte. Der Wind oder ein Schwan, der zehn Meter hoch geflogen war, um sie in seinem Schnabel ins Wasser zu tragen.
„Ich pass schon auf. Außerdem bin ich schon mal von hier runtergesprungen."
Das wusste ich. Ich war unten in der Wiese gestanden und hatte nach oben geschaut, wo die Sonne mich blendete und ich nicht sehen konnte, ob sie sprang oder jemand anderer. Doch dann spritzte Wasser hoch und ich sah, wie sie untertauchte und bald darauf ihren Kopf wieder rausstreckte und aus dem Wasser kam.
Wir blieben nicht lange auf dem Turm, weil auch Lichter und eine weite Sicht irgendwann nicht mehr interessant sind. Die Stufen waren sehr dicht beisammen und man musste sich bemühen, um jede einzelne zu treffen und nicht abzurutschen. Mit zitternden Knien kam ich unten an, dann lagen wir uns in den Armen und lachten, weil wir es

tatsächlich geschafft hatten, zehn Meter höher als der See zu sein. Niemand hatte uns gesehen. Nicht einmal, als ein Schuh im Strandbad zurückblieb und ich ein zweites Mal über den Zaun klettern musste, um ihn zu holen.

✡✡✡

„Wir haben uns ziemlich gut verstanden."
Noch immer sind das nicht die richtigen Worte, die beschreiben, was mich sie so vermissen hat lassen. Eine Freundschaft, die noch mehr als das war, ein Sommer, den wir gemeinsam verbracht haben und in dem sie gegen Ende einfach verschwunden ist.
„Sie hat sich danach nie wieder gemeldet."
„Dann hast du sie hier getroffen?"
„Vor einem Monat. Das war ziemlich überraschend. Zuerst hab ich gehofft, dass sie sich meldet und Jahre später steht sie dann plötzlich in einem Lokal, in dem ich zum ersten Mal bin."
Hab gehofft, Vergangenheit könnte wieder neu werden und etwas ein schöneres Ende finden. Doch hat es keinen Sinn, wenn Zeit viel dazu beigetragen hat, Leute zu verändern. Wir waren nicht mehr vierzehn und ihr Egoismus nicht mehr aufregend und spannend, sondern einfach nur verletzend.
Wir spielen noch einmal mit blauer und roter Fußballmannschaft gegeneinander. Meine Männchen laufen, so schnell sie können, jagen Bällen nach, bilden Wände, an denen der Ball nicht vorbeikommt, ohne gestoppt oder in die andere Richtung geschossen zu werden. Bälle fliegen über das Spielfeld hinaus, werden wieder zurückgebracht und fliegen über die plastikgrüne Wiese. Ein Tor für mich, ein Tor für Julia. Der letzte Ball wird von einem blauen Männchen mit ganzer Kraft ins Tor hineingeschleudert. Prallt dort gegen die Wand und fällt dann ins Innere des Fußballtisches, wo nur ein Euro ihn wieder herausholen kann. Ich habe gewonnen.

❷❷

Ich habe Julia zum Abendessen eingeladen. Während sie noch in ihrer Wohnung etwas für die Uni zeichnet, wandere ich suchend durch Reihen voller Lebensmittel, um die herauszusuchen, die ich zum Kochen brauche. Eine Hand ist schon voll mit einem Sack Kartoffeln und Brokkoli, die andere trägt Gratinierkäse. Meine Augen schweifen suchend durch die Regale, um zu prüfen, ob ich etwas vergessen habe. Die Flasche Wein findet ihren Platz in der Hand mit den Kartoffeln, während die andere alles aufs schwarze Fließband legt. Immer wieder piept es, bis mir ein Preis genannt wird und ich bezahle. Nun verstaue ich die Sachen in meinem Rucksack.

In der Wohnung koche ich die Kartoffeln und Brokkoli-Schichten werden in einer Auflaufform angeordnet. Ich streue Käse darüber. Ob sie das mag? Nun braucht es nur mehr Hitze, um es zum Kochen zu bringen. Ich decke den Tisch in meinem Zimmer. Den Tisch in der Küche benutze ich nie. Zu groß wäre die Gefahr, dass eine Zimmertür sich öffnet und die Mitbewohnerin erscheint. Das will ich gerade heute vermeiden. Sie muss nichts von meinem Besuch wissen, muss nicht wissen, wer sie ist und dass sie die ist, die schon oft bei mir war. Das alles geht sie gar nichts an und soll vor ihr geheim gehalten werden. Will nicht wissen, was sie macht und will nicht, dass sie weiß, was ich mache.

Dann ist Julia hier, hat das Bild mitgenommen, das am Computer entstanden ist. Ihre Bilder haben etwas Mystisches und Dunkles, das man nur erahnen, nicht sehen kann. Ich mag die Art, wie sie mit Farben umgeht und Perspektiven erzeugt, die etwas in mir auslösen. Sehr nah und zugleich unnahbar wird dieses Bild.

„Es ist wunderschön."

Sie strahlt, Gedanken verschmelzen mit einem Bild, das mich zum Träumen bringt. Gedanken werden aufgewirbelt,

drehen sich in der Luft, setzen sich auf einem Blatt Papier ab, das sie mitnimmt auf eine Reise. Nicht ganz real, doch auch nicht surreal ist dieses Bild. Dunkle Linien grenzen Gegenstände ab, machen sie zu Einzeldingen, die mit dem Hintergrund nichts zu tun haben. Sie springen einem förmlich entgegen, die Perspektive reißt sie wieder zurück aufs Blatt, wo sie auf einen neuen Ausbruchsversuch warten. Es braucht nur den richtigen Betrachter, der sie dabei unterstützt. Nicht schwer ist das. Lass Augen ruhen auf den absprungbereiten Gegenständen. Dinge, die schon längst zum Leben erwacht sind und nun warten.
„So hab ich das noch nie gesehen."
Julia lauscht, ob die Dinge auf dem Papier Geräusche machen, die sie davor nicht wahrgenommen hat. Doch jetzt bleiben sie stumm. Sind ruhig geworden, als sie meine Bereitschaft gesehen haben, ihnen zu einer Existenz außerhalb der Enge des Papiers zu verhelfen.
„Kannst du das wirklich sehen?"
Sie zweifelt nicht, will nur sicher wissen, ob ich verstehe, was es in dem Bild zu sehen gibt.
„Meistens sind sie damit nicht zufrieden. Es ist ihnen zu abstrakt."
„Abstrakt oder nicht, wichtig ist doch nur, dass es gut ist. Und gut ist es auf jeden Fall."
Vielleicht sogar noch besser. Das Bild lässt mich etwas fassen, das nicht zu fassen wäre, wenn es zu abstrakt ist. Ich erfasse Räume, die hier nicht gezeichnet sind, doch Spielraum für die Gegenstände bilden. Erfasse Träume, die meine sind und sehne mich danach, zu zeichnen und damit Grenzen niederzureißen, die man ohne Bilder nicht einmal überblicken kann.
„Wofür brauchst du dieses Bild?"
„Es war eine Projektarbeit. Papier und Räume sprengen war das Thema."
Papier kann nur gesprengt sein, wenn es danach nicht mehr existiert. Schon auf den ersten Blick war dieses Bild kein Blatt Papier, sondern viel lebendiger und ließ mich etwas

sehen, das schon weit über den Rändern sein musste. Auch wenn man diese Ausreißer nie zu fassen kriegt, sie sind da und ich spüre, dass da außerhalb der Schnittstellen des Papiers noch etwas liegt oder steht oder sitzt oder zumindest irgendwie anwesend ist.

„Ich finde es wirklich schön."

Schön kann nicht das richtige Wort sein, aber ich sage es trotzdem. Schön ist, was etwas bei mir auslöst und mich zu weiten Gedanken-Spaziergängen anregt.

„Mir fehlt das Zeichnen wirklich."

„Jeder braucht mal eine Pause davon."

„Aber ich habe schon so lange nicht mehr das gezeichnet, was ich wollte. Früher konnte ich stundenlang Leute anschauen und ihre Formen in mich aufnehmen, um sie dann wieder aufs Papier zu bringen."

„Warum nutzt du nicht die freie Zeit, um wieder mit dem Zeichnen anzufangen? Dann aber völlig ohne Zwang, etwas Bestimmtes produzieren zu müssen."

„Es ist so schwierig, wieder mit etwas anzufangen, was man schon aufgegeben hat."

Das ist die Hoffnung, die ich aufgegeben habe, sehr langsam nur, doch jedes Jahr ein bisschen mehr, bis sie irgendwann nicht mehr zu sehen war. Nun ist sie zu klein, um sie zu erreichen, muss wieder wachsen, bevor sie zu gebrauchen ist.

„Kannst du dir nicht vorstellen, diesen Sommer wieder in Italien zu verbringen?"

Nun steht das Essen vor uns auf dem Tisch und Gläser klirren, als sie sich berühren und dann von uns zum Mund geführt werden. Zu salzig schmeckt dieser Wein, um gut zu schmecken.

„Das ist schon so lange her. Ich weiß nicht, ob ich es ertragen kann."

„Von ihnen angestarrt zu werden?"

„Du weißt ja, dieser Abend mit ihm auf der Hütte."

„Aber das hat doch nichts mit dem Zeichnen zu tun."

Hat es nicht, das weiß ich. Bin nur stur, hab keinen Mut, wieder dort zu beginnen, wo ich damals einfach nicht weitergemacht habe.
„Ich konnte damals einfach nicht noch einen Sommer in Italien verbringen."
„Weil du vor deinen Eltern weggelaufen bist."
Weil nicht nur Flucht vor Eltern, sondern auch Flucht vor einem selbst es unmöglich gemacht hatten. Es ging alles schief, die Wände hingen schief in meinem kleinen Reich, das zu lang betreten worden war von ihm, der dort nichts Gutes wollte. Es wurde alles falsch gemacht, nicht auch noch zerstören, was früher interessant gewesen war. Nicht noch einmal dorthin. Du machst alles falsch, machst nichts davon so, wie du solltest. Denk doch darüber nach, wie viel du schon zerstört hast. Ich schaffte es nicht, Splitter zu kleben, die viel zu klein waren, um sie anzufassen. Kein großes Stück wurde daraus, nicht einmal eines mit vielen Rissen. Es blieben nur noch kleine Teile übrig, die niemals und schon gar nicht jetzt zusammengesetzt werden konnten. Ich ließ die Finger davon, als sie kurz davor waren, von den spitzen Splittern zerkratzt und aufgerissen zu werden.

❷❸

Kann ich dich was fragen?"
„Was?"
„Aber versprich, dass du ehrlich bist."
Ich verspreche es.
„Was ist damals eigentlich wirklich passiert?"
Eine Geschichte ohne Ende kennt sie, den Anfang kennt sie und ist davon noch geschockt. Das Ende ist nicht dazu da erzählt zu werden. Will weglaufen, bevor es ausgesprochen werden kann. Doch pack ich es und halt es fest, drück Worte durch meine Zähne durch, zerquetsche sie in meinem Mund. Ist das ungesund, zu lange über etwas zu schweigen? Nur halbe Sachen zu erzählen, wo die zweite Hälfte vertrocknet und sich mit Gift anstatt von Wasser voll saugt? Sie weiß nicht alles, will alles wissen. Das Ende nur ist schon genug. Doch angefangen wird wieder beim Anfang der Geschichte, die eigentlich kein Ende hat, sich unendlich immer wieder wiederholt, sich im Kreis dreht und von vorn beginnt, obwohl sie nicht beendet war. Wie oft ich sie erlebt habe in Gedanken, die nicht fertig gedacht wurden, mich trotzdem fertig machten. Nebel legt sich über mich, lässt Schallwellen darin ersticken. Lässt Worte ihn durchdringen oder nur nach außen dringen, sodass ich sie nicht hören muss.
„Ich hatte mich dazu überreden lassen, mit ihm einen Kaffee trinken zu gehen. Er schlug einen Treffpunkt vor. Ich fuhr hin. Er meinte, wir bräuchten nicht mit zwei Autos zu fahren. Ich stieg in sein Auto ein…"

✡✡✡

Ich hatte mich dazu überreden lassen, mit ihm einen Kaffee trinken zu gehen. Er war Lehrer und der Kaffee, den er angeblich trinken wollte, war nicht so schwarz wie seine

Gedanken, die er mir davor nicht verriet. Sein Auto war rot und stand schon am Parkplatz, den er als Treffpunkt auserkoren hatte. Dort stand auch er. Ein alter Mann, der auf neue Jugend hofft und diese stehlen will. Wir bräuchten nicht mit zwei Autos zu fahren, meinte er. Die Farbe seines Autos befleckte, kaum dass ich darin saß, meine Gedanken und ließ einen Verdacht entstehen. Sein aufdringlicher Geruch nach Lehrer lehrte mich, die Vorsicht niemals außer Acht zu lassen. Dort saß er neben mir und sprach und sprach und sprach und dachte längst schon an was anderes und daran, wie er mir die Jugend stehlen könnte. Ich saß stumm da und dachte, was ich hier getan hatte. Die Angst tippte mit dünnem, krummen Finger auf meine Schulter, brachte meinen Kopf zum Drehen, als er sich schon jetzt sehr zielunsicher zu meiner Seite beugte. Nichts anderes war sein Ziel als meine Wange, die er als Landepunkt für seinen ätzend sauren Mund auserkoren hatte, doch nicht traf. Ein Schlüssel drehte sich im Schloss des Autos, der Motor startete und er fuhr den direkten Weg zum Kerker. Der Kerkermeister höchstpersönlich saß neben mir und schwärmte mir von einem Gefängnis vor, hoch oben in den Bergen. Wie eine Höhle oder dunkler beschrieb er das Paradies des Grauens.
„Wir fahren nicht in ein Café, ich kenne einen besseren Ort. Hab Cola mit und Sekt, falls du das magst."
Mit Drogen würde dieser Ort noch besser, falls er ohne nichts zu bieten hätte. Komm, lass dich dumm und willig machen von dem Zeug, ich bin der Kerkermeister, werde das Problem schon meistern und auch deinen Willen brechen, wie du es nicht vermagst, das Schloss vor deinem Gefängnis danach zu zerbrechen. Ich saß im Wagen, der auch selbst schon blutüberströmt und rot war, der direkt in den Kerker fuhr. Leg dir jetzt schon meine Ketten an, damit ich dich dann schneller rumkriegen kann. Will schreien und alles richtig stellen. Ein Missverständnis kann es doch nur sein, dass ich in seinem Auto sitze und er irgendwohin fährt, wo ich keinesfalls sein möchte. Ein Missverständnis, bin

bestimmt nicht ich gemeint. Entschuldigung, ich glaube, Sie verwechseln mich mit jemand anderem, Herr Lehrer. Will wieder raus, ich will nach Haus und keinesfalls bei Ihnen sein. Kaffee, nicht Sekt war es, was wir trinken wollten und reden, nicht in Kerker fahren. Kann alles nicht so stimmen, wie es aussieht. Ich muss mich täuschen, unmöglich ist das doch. Was soll ich hier, wenn's stimmt? Wie komm ich weg, was sag ich nur? Will weg von diesem schwarzen Mann. Doch hab zu lange geschwiegen und mich nicht gewehrt. Ob er schon glaubte, er hätte die Macht über mich? Eine Hütte war der Kerker, der nicht nur ihm, sondern auch seiner Frau gehörte. Überall Fotos von der glücklichen Familie in der Berghütte. Wie glücklich sie von diesen runterstrahlten, Idylle pur an diesem menschenleeren Ort. Kein Licht in der Nähe, nur weit drüben ließ sich der Schein durch ein Fenster hindurch erahnen. Niemand hier, der einen Kaffeeklatsch unter alten Freunden stören könnte. Wie schrecklich nett von ihm, dass er alle Störungsquellen beseitigt hatte, bevor sie überhaupt vorhanden waren. Er hatte mich nicht hierher gebracht, um über alte Zeiten zu reden, das war mir jetzt klar. Musste etwas anderes sein Ziel sein. Kein gutes jedenfalls, sonst wäre es hier nicht so dunkel und er würde nicht so schauen.
„Trinkst du Sekt?"
Natürlich trink ich keinen Sekt, will weg, nur weg von hier. Der gute Kavalier in ihm ist wieder ganz erwacht. Kein Strom im Haus, deswegen auch kein Licht. Damit ich nicht sehen muss, mit wem ich's hier zu tun habe. Dass das mein Lehrer war, stimmt nie und nimmer, wird immer schlimmer, was er machen will. Wie kann der jemals kleine Kinder unterrichten, die ihm so hilflos ausgeliefert sind wie ich in meiner Unwissenheit. Wie oft hat er schon daran gedacht, was er unternehmen wird, wenn ich nicht mehr an der verantwortungslosen Schule bin, die Kindern nicht das lehrt, was sie doch wissen müssen. Geht niemals mit fremden Männern mit. Denn dieser hier war ganz und gar fremd. Die Schulzeit zählte nicht mehr, was zählte war jetzt und der

Geruch, der übrig blieb, als er im Keller verschwand, um Strom in die Hütte zu holen. Ein schneller Griff zum Handy, eine Brieftaube wurde losgeschickt, die meinen Eltern sagte, wohin mich dieser schwarze Mann gebracht hatte.

Mama, Papa, Hilfe. Nichts wäre hier, das Sendewellen aufnimmt, Verbindung konnte nicht hergestellt werden, ein Rettungsanker längst gesunken. Doch alles war natürlich nur ein Missverständnis, eine kindliche Phantasie meinerseits, das Krokodil unterm Bett wurde weggeschickt, doch war dort eigentlich keins. Das stellt man fest, wenn man den Blick unters Bett doch riskiert. Er kam zurück, jetzt wurde es hell, konnte sehen, wer dort wirklich stand. Keine kindliche Phantasie war es, die mich derart erschreckt hatte, sondern etwas, von dem Kinder keine Ahnung haben. Er aber schon, er war schon älter.

„Erzähl mir", sagte er.

Ich hörte nicht zu, was ich ihm erzählen sollte. In meinen Ohren rauschte es. Der Zug war abgefahren, ein Tuten noch, viel zu weit entfernt. Die Chance war weg, etwas zu sagen. Was hatte ich nur riskiert und provoziert? Hatte nicht gehört, was ich ihm erzählen sollte. Eine schlechte Schülerin bin ich. Hab nichts anderes verdient, als dass der Lehrer mich schlecht behandelt. Doch er will nett sein, ist doch kein Unmensch. Will näher rücken, um mir alles noch einmal zu erklären, was ich nicht verstanden habe. Zu Dank bin ich ihm nicht verpflichtet. Er sitzt neben mir, will nichts mehr hören, lieber etwas anderes probieren. Ein alter Mann, der neue Jugend sucht, die seine Frau ihm nicht geben kann. Sie ist genauso alt wie er. Ein alter Mann, der tun will, was niemand tun sollte, der tut, was ich nie tun wollte und niemals tun will. Wie kommt er nur auf den Gedanken, ich könnte ihm das geben wollen, was er sich ungefragt nehmen will? Ich hasse ihn, ich hasse ihn.

Sein Blick ist aufgeregt, er denkt, dass er sein Ziel erreicht hat. Immerhin bin ich in seiner Berghütte, wo niemand sonst ist. Gibt es Bilder an den Wänden von seinen anderen

Opfern? Genauso glücklich wie die von seiner Frau und ihm? Er erzählt mir von seinem Studium, tut so, als ob er erst vor wenigen Jahren damit fertig geworden wäre. Doch stimmt das nicht, er ist schon viel zu alt. Wie psychologisch dieser Kerl versucht, mich rumzukriegen. Tut so, als wäre er kaum älter als ich selbst. Und weil er noch so jung ist, kann auch dieses Missgeschick ihm nicht übel genommen werden. Er ist zu voreilig, wie junge Männer das eben sind. Weiß nicht, wo seine Grenzen sind. Darf er seine Freundin nur küssen oder schon unter ihren Rock? Lässt sie ihn an sich ran oder muss er noch warten? Kann man's ihm übel nehmen, was er tut? Er weiß es doch nicht besser in seiner jugendlichen Unschuld.
Doch Schuld ist Schuld und er ist nicht der, der er gerne sein würde. Was er hier macht, kann nie und nimmer und durch nichts und niemanden gerechtfertigt werden. Nur er allein bestimmt, was seine Hände machen und ob sie zwischen meine Beine greifen oder mit Kreide an die Tafel schreiben. Letzteres hat er schon gemacht, muss er auch noch das andere tun? Er denkt sich, schon, jetzt sitzt sie schon einmal hier. Gelähmt, gefesselt bin ich vor Angst. Was wird er tun? Ich sprang auf und lief zur Haustür. Er redete immer weiter, weiter, weiter. Als wäre soeben nichts geschehen, als hätte ich was Falsches gesehen, das nie passiert war.
„Willst du schon fahren?“
Er stand hinter mir. Ich hatte seine Hände abgehackt, als ich aufgesprungen war. Mir konnte er nichts mehr tun. Den anderen schon, die sich genauso leicht überreden lassen, mit ihm einen Kaffee trinken zu gehen. Wie viele gibt es, die nicht wissen, dass der Kaffee, den er trinken will, nicht so schwarz ist wie seine Gedanken? Wahrscheinlich niemanden, der es nicht selbst erlebt hat. Nie hätte ich so dumm sein dürfen. Ich hasse mich. Bin ich an allem schuld? Hab ich ihn aufgefordert, mir seine Hütte und noch weitere geheime Dinge zu zeigen? Herr Lehrer, wissen Sie denn nicht, dass man so etwas nicht tut? Was hab ich mir dabei gedacht, in sein Auto zu steigen? Bin ich an allem schuld? Ist nichts

passiert, nichts ist passiert. Du bist schon wieder am Rückweg. Doch gibt es kein Zurück, was dieser Mann getan hat. Wie oft schon? Will ich fragen. Wer von den Schülerinnen vor mir hatte schon die Qual der Wahl, ob ihm vertrauen und zu schauen, wohin das rote Auto sie bringen würde? Ich hab's nicht gewusst, sag ich mir immer wieder. Doch es nützt nichts, Vorwürfe lassen sich nicht niederreden, sondern rennen über jede Vernunft hinweg. Ich hätte es nicht wissen können. Er bringt mich zurück zu meinem Auto. Noch immer redet er. Will Erinnerungen in kleine Teile reden, die mir und ihm sonst nur das Leben schwer machen würden. Dass ich niemandem davon erzählen werde, ist ihm klar. Dass es, falls ich es dennoch täte, ihm keinen Schaden bringen würde, das weiß er, denn nichts Verbotenes hat er getan. Ich bin nicht mehr in der Schule und lieben kann er, dort wo Liebe hinfällt. Doch ich hasse ihn. Hasse auch mich selbst.
Zu Hause erzählte ich meinen Eltern, wohin er mich gebracht hatte. Eine Berghütte, die ihm und seiner Frau gehörte. Er hatte mir zwischen die Beine gegriffen.
Niemand war schockiert, nur ich. Es war doch gar nichts passiert.

✡✡✡

24

„Natürlich ist etwas passiert."

Der letzte Hall der Geschichte ist verklungen, wird nicht mehr von den Wänden hin- und hergeworfen, sinkt langsam zu Boden, wo er liegen bleibt. Ich trete mit den Füßen drauf herum. Lass nichts davon die alte Fülle behalten, mache alles platt mit meinem Gewicht, das nun durch Julias unterstützt wird. So dünn soll es werden, dass es irgendwann von Wind und Wetter abgetragen wird und so verteilt, dass niemand mehr Zusammenhänge kennt und niemand in der Lage ist sie wiederherzustellen, wie sie waren.

„Er hat dich in seine Hütte mitgeschleppt und hat dich gegen deinen Willen angegriffen."

Nicht angegriffen wie im Kampf, so angegriffen, als wäre er ein Freund, der Rechtes tut, das ihm erlaubt ist.

Julia schaut mich eindringlich an.

„Nur er hat etwas Falsches gemacht."

Eine Gruppe hat sich in meinem Kopf zu einer Demonstration versammelt, die gegen falsche Meinungen demonstriert. Damit soll mir demonstriert werden, dass man Schuld nicht immer auf andere abladen kann, sondern selbst dafür einstehen muss, was man gemacht hat. Einen Kaffee zu viel trinken zu wollen, eine falsche Autotüre zu öffnen, die falsche Kleidung zu tragen, wenn man noch in der Schule sitzt und Lehrer damit auf falsche Gedanken zu bringen. Man muss selbst sehen, wie man die falschen Sachen wieder gerade biegt. Sie halten Schilder hoch und halten die vor meine Augen, damit ich aus der Nähe lesen kann, was ich getan habe. Warum bist du mitgefahren, steig nicht in Autos fremder Männer, lass dich von niemandem mitzerren. Eine Argumentation, die hier von Experten geführt wird. Sie alle wissen, was zu tun wäre, sollten sie selbst in eine ähnliche Situation geraten. Sehr einfach ist es, sich zu wehren, etwas abzuwehren, das man nicht will.

„Noch einfacher ist es aber, in diese Situation hineinzugeraten. Alle, die so etwas sagen, haben keine Ahnung, wovon sie sprechen“, sagt Julia.
Sie wissen, was zu tun wäre. Ein Schritt zurück und nichts passiert, wenn Autos leer bleiben und Berghütten kein nächtlicher Besuch abgestattet wird. Die Dunkelheit soll undurchdrungen bleiben und niemand soll durch sie hindurch an finstere Orte fahren.
„Wem hast du davon erzählt?“

✡✡✡

Alle wollten die Geschichte hören, als sie noch aktuell und eine Sensation war. Die Freundinnen, die mit mir zur Schule gingen, lauschten wie gebannt, was passiert war. Sehr lustig und sehr unglaublich. Man glaubt nur, was man mit eigenen Augen sieht. Deswegen fiel es mir nicht schwer zu glauben, was passiert war, mit eigenen Augen hatte ich es gesehen und war dabei gewesen, als Hüttenwände zu Zeugen wurden.
„Warum hast du ihn nicht geschlagen, als er dir zwischen die Beine greifen wollte?“, fragte Zuhörerin Eins, die immer gute Tipps bereithält.
„Warum bist du nicht weggerannt oder hast die Polizei gerufen?“, fragte Zuhörerin Zwei, die einen Sinn fürs Abenteuerliche hat.
„Warum bist du überhaupt ins Auto eingestiegen?“, fragte Zuhörerin Drei, die immer praktisch denkt.
„Warum hast du dich überhaupt mit ihm getroffen?“, fragte Zuhörerin Vier, die immer misstrauisch ist und alles schon vorher gewusst hat.
Viele gute Tipps, die im Nachhinein angewandt nicht viel bringen. Auch sind es keine Fragen, die sie mir stellen. Sind Vorwürfe, die sie vor mich hinwerfen und meine Geschichte den Wölfen zum Fraß vorwerfen. Die halten schon die Mäuler offen und spitzen ihre Zähne, um keinen Tropfen Mitleid zu vergeuden. Sinnlos war die Geschichte und

niemand wollte sie noch hören, da sie nicht passiert wäre, wenn ich nicht dumm genug gewesen wäre, um

1. mich dazu überreden zu lassen, mit ihm einen Kaffee trinken zu gehen
2. in sein Auto einzusteigen
3. nicht wegzulaufen oder die Polizei zu rufen
4. ihn nicht zu ermorden.

Das alles weiß man immer besser, wenn andere einen darauf hinweisen. Doch preisen Tipps nicht immer wahre Möglichkeiten an und schlauer ist, wer schon einmal dumm war.

✿✿✿

„Das haben sie wirklich gesagt?", fragt Julia.
„Ich hätte ja wirklich nicht in sein Auto einsteigen müssen", sage ich.
Ich klinge lahm, fühle mich schwach und hab keine Kraft, um nachzudenken.

✿✿✿

„Es ist doch eigentlich gar nichts passiert", schenkte Zuhörerin Eins mir ein paar aufmunternde Worte.
„Zum Glück ist nichts passiert", wollte mich Zuhörerin Zwei aufheitern.
„Es hätte schlimmer ausgehen können", brachte Zuhörerin Drei mich dazu, erleichtert zu sein.
„Sei froh, dass nichts passiert ist", fand auch Zuhörerin Vier.
Nun war die Geschichte vollends uninteressant geworden, da sie verhindert worden wäre, wenn nicht Dummheit mich vom einzig richtigen Handeln abgehalten hätte, außerdem war nichts passiert. Das Gericht war nicht nur vertagt, es hatte sich entschieden, nur mich allein schuldig zu sprechen. Die Geschworenen hatten ihr Wort dazu bereits abgegeben. Es war eindeutig, es konnte nicht geleugnet werden.

✿✿✿

„Lass dir so etwas nicht einreden", sagt Julia.
Sie merkt, dass ich zittere. Noch kann ich nicht darüber sprechen, als sei es schon vergangen. Noch immer kann ich hören, wie jemand redet, um mich abzulenken und dabei sehr langsam immer näher kommt. Noch immer kann ich hören, wie laut seine Stimme in der leeren Hütte klingt, kann sehen, wie Dämmerlicht Falten hervorbringt, die Dunkelheit verborgen hielt.
„Der nutzt seine Stellung doch schamlos aus."
Empörung schwingt in ihrer Stimme mit, schwingt große Kreise, die sich bis zu ihm erstrecken.
„Ich bin mir sicher, dass der so was schon oft gemacht hat. Zuerst sitzen die Kinder in seinen Stunden und lernen, dass er eine Autoritätsperson ist. Dann sucht er sich ein Opfer aus, spielt den netten Mann, den man auch abseits der Schule treffen kann und zeigt sein wahres Gesicht."

✿✿✿

Eines Jahr nach der Matura hatte ich ihn zufällig in der Stadt getroffen. Er war sehr höflich, wie er es in der Schule gewesen war. Ein Anzug gab ihm ein seriöses Aussehen, das er ohne diese Hilfe niemals haben könnte. Er zeigte sich interessiert daran, was ich studierte, kam ins Plaudern, erzählte, bot etwas außerhalb der Schule an, er hieße Karl, ließ eine Grenze niederreißen, wo Schüler eine Ebene niedriger standen. Er wolle sich gern länger mit mir unterhalten, er hätte sich im Unterricht schon für meine Meinung interessiert, ob ich einen Kaffee trinken gehen wollte, nächste Woche? Dass er mir im Unterricht sympathisch gewesen war, konnte ich nicht leugnen. Mir gefielen seine Ansichten über die Texte, die wir lasen, ich konnte über seine Witze lachen, sein britischer Humor ließ seine Unterrichtsstunden oft verfliegen. Ein gemeinsames Interesse für dieselbe Art von Literatur schien vorhanden, bei der Interpretation schätzte ich seine Meinungen. Dass ein längeres Gespräch mit ihm interessant sein könnte, bezweifelte ich nicht. Zögern, nicht lange, weil dazu zu wenig Zeit war. Er müsse weg. Er schlug einen Treffpunkt vor, ob das passe? Die Stimme konnte nicht zum älteren Mann gehören, der er war. Wie ein kleiner nervöser Junge stand er in seinem seriösen Anzug dort und schlug Dinge vor, die seine Augen zum Strahlen brachten. Als wäre es sein erstes Date, im Nachhinein betrachtet, wirkte es.

✪✪✪

„Vielleicht war er in dich verliebt. Aber egal, ob er das öfter macht oder ob es bei dir eine Ausnahme war, es kann durch nichts gerechtfertigt werden. Lass dir nur nicht einreden, dass du etwas dafür kannst. Er hat etwas getan, was er absolut nicht tun dürfte."
Moral und Gesetz sind zwei verschiedene Dinge.
„Gesetzlich spräche aber nichts dagegen."
Moral und Gesetz lassen sich nicht vereinbaren.
„Was hat ihn aber zu der Annahme bringen lassen, dass du das auch wolltest?"
Keine Sekunde hat etwas an mir vermittelt, dass ich die schulische Beziehung zu einer machen wollte, die nur in seiner Berghütte stattfinden konnte.
„Vielleicht hat er missverstanden, dass ich mich für sein Unterrichtsfach interessiert habe."

✪✪✪

Schulstunden sind manchmal zäher als Kaugummi, den man nicht zwischen den Zähnen hat, sondern vorgekaut bekommt. Diese hier war interessant.
Wir schauten uns einen alten Film an. Rauschen löste hin und wieder den Ton ab, der überhaupt sehr schlecht war. Die Farben waren blass und die Schauspieler viel jünger, als man sie kannte. Eine Mrs. Robinson verführte einen

Benjamin. Ein kleiner Trick, schon war der hilflose Bub in ihrem Haus. Sie könne nicht selbst heimfahren, bitte, können Sie mich heimbringen. Das konnte er. Sie fürchte sich um Dunkeln. Eine ältere Frau, schon lange verheiratet, die sich im Dunkeln fürchtete, weil ihr Mann nicht dort war. Ein anderer Mann wurde an seine Stelle gesetzt. Verführerische Blicke, die er nicht deuten konnte, weil er sie nicht kannte. Eine erwachsene Frau, die ihn vor eine zweite Reifeprüfung stellte. Dann war ihr Ziel erreicht. Verbotene Küsse, verbotene Stunden im Hotel zu zweit. Sie und einer, der viel jünger war und Erfahrung erst lernen musste.
„Warum wollte Mrs. Robinson ihn verführen?"
Die Antwort kannte ich. Und weil sie so richtig war, durfte ich sie sagen.
„Sie will testen, ob sie immer noch attraktiv ist."
Eine alternde Frau, die einen viel jüngeren Mann verführte, der sich nicht wehrte, weil er zu höflich war.
Ein alternder Lehrer, der von dem Thema scheinbar fasziniert war. Ob er es selbst ausprobieren wollte?
„Ihr Mann kann ihr nicht zeigen, dass sie noch attraktiv ist, deswegen will sie von dem jüngeren Benjamin den Beweis."
Nicht nur sie wollte Beweise, auch der Lehrer würde sie später einfordern wollen. Ob er das in diesem Moment schon wusste? Schon plante, wo Orte waren, um sich bestätigen zu lassen? Warum gerade ich und nicht jemand anderer? Weil ich verstanden habe, warum eine Mrs. Robinson in einem Film Bestätigung bei einem viel jüngeren Benjamin suchte? Er musste mit Füßen getreten werden, um ihren Wünschen nachzukommen und Höflichkeit ließ Scham kleiner werden. Kein Nein wurde akzeptiert und Tricks, die leicht durchschaubar waren, wurden angewandt, um den Beweis zu bekommen. Ein Pokal für Mrs. Robinson in Form von verbotenen Stunden im Hotel.
Einen Pokal wünschte sich auch der Lehrer für eine exzellente Wahl bei Filmen, die ihn auf Gedanken bringen, die er besser schnell wieder vergessen hätte. Doch Vergessen schien ihm schwer zu fallen und er wollte immer noch

testen, ob sein Charme die Wunder bewirkte, die Dunkelheit ermöglichen sollte.

✡✡✡

„Der Mann muss verrückt sein“, sagt Julia.

„Aber er dachte, er könne eine Affäre mit mir beginnen. Er hatte alles vorbereitet und geplant. Wer hat schon Sekt in seinem Auto und den Schlüssel zu einer Berghütte dabei?“

„Vielleicht macht er das doch öfter.“

Gerüchte verbreiten sich an einer Schule schnell und schneller als man schauen kann ziehen sie an einem vorbei und wälzen alles nieder.

„Ich habe schon Gerüchte über Lehrer gehört, die was mit Schülerinnen hatten. Aber dabei sind nie Namen gefallen.“

„Wenn es diese Gerüchte gibt, müsste dann nicht wenigstens der Direktor veranlassen, dass sie überprüft werden?“

„Aber es sind nur Gerüchte.“

„Du nimmst schon wieder die Schuld von diesen Leuten. Es kann niemals richtig sein, was dein Lehrer gemacht hat. Wenn es ihm schon nicht seine Moral verbietet, muss jemand anderer ihm Verbote machen.“

„Solange sich nicht die Meinung der Erwachsenen darüber verändert, nützt das nichts.“

„Was meinst du damit?“

Kinder übertreiben oft und Fehler sind nur Fehler, doch nicht ernst zu nehmen. Alkohol macht Fehler einfacher zu begehen, das entschuldigt vielfach schon die Tat an sich.

„Außerdem suchen sie Entschuldigungen, wofür es keine gibt. Kannst du denn gar nichts gegen den Lehrer unternehmen?“

„Wahrscheinlich würde mir niemand glauben und das Argument, dass nichts passiert ist und dass er mich nicht gezwungen hat, in sein Auto einzusteigen, würde alle Anschuldigungen vernichten. Es würde nur Staub aufwirbeln.“

„Aber stell dir vor, du wirbelst Staub auf und andere, denen dasselbe passiert ist, erfahren davon. Gemeinsam hättet ihr vielleicht eine Chance."

„Ich will nicht noch länger daran erinnert oder mit ihm konfrontiert werden."

„Aber wenn das immer so weitergeht? Du bist nicht das einzige Mädchen, das in seinen Stunden sitzt und irgendwann mit der Schule fertig ist."

Welche Pläne er schmiedet, wenn er die Klasse überblickt? Lässt Augen und Gedanken schweifen, um eine Auswahl zu treffen. Oder tummeln sich bereits Phantasien aus seiner Welt in seinen Gedanken? Die sind mit Kinderphantasien nicht zu vereinen. Dennoch wird er später genau das versuchen, wenn aus dem Kind eine Frau geworden ist. Wird er immer die nehmen, die nach der Stunde noch mit ihm redet, weil sie sich für Literatur interessiert?

„Darum sollen sich andere kümmern, die nicht dumm genug sind, in sein Auto einzusteigen."

25

Wie hättest du wissen sollen, was er vorhat? Ich glaube nicht, dass irgendeine Schülerin vermutet, ihr Lehrer könnte sie auf eine Hütte mitschleppen und dort versuchen, sie zu vergewaltigen."

„Ich bin froh, dass du das sagst."

Nun können Lasten von meinem Rücken abfallen, Gewichte mich nicht mehr zu Boden drücken. Nun kann ich aufatmen und gestehen, dass ich die ganze Zeit nur darauf gewartet habe, dass jemand mir das sagt. Dass nicht ich verursacht habe, was passiert ist. Dass nur er etwas Unrechtes getan hat. Zweifel und tonnenschwere Gedanken können sich aus meinem Kopf rausrollen und in Rauch auflösen, der verweht wird. Ich werde ihnen nicht nachwinken.

Julia umarmt mich, drückt mich fest an sich und kleine Tränenkügelchen kullern aus meinen Augen. Brauchen lange, um zu entstehen, sind zähflüssig wie Quecksilber und bleiben nicht lange auf meinen Wangen liegen. Werden weggewischt und trotzig von dort weggescheucht. Nicht weinen, doch nicht jetzt, wo ich alles erzählt habe, nicht jetzt, wo alles nicht mehr so schlimm ist, nicht mehr erwähnenswert.

Sie hält mich fest, bis das Zittern nachlässt und keine Tränen mehr in mein Gesicht geschüttelt werden. Meine Augen sind rot, doch sind sie nicht verbrannt und können Neues sehen, was nichts mit alten Heften in schwarzen Umschlägen zu tun hat. Heiße Asche kann aus roten Augen noch hervorgeholt werden, doch keine Gefahr mehr zu verbrennen. Kein Schatten alter Ereignisse, der im Feuerschein flackert und Angst erzeugt, weil er nicht still hält und lebendiger wirkt, als er ist. Schatten sind nur Fledermäuse mit flatternden Flügeln und können durch Licht vertrieben werden. Ein letztes Flügelschlagen, bevor sie in Ritzen verschwinden.

„Deine Eltern hätten schon lange verziehen, dass sich deine Einstellungen von ihren unterscheiden. Aber du bist zu stur, um ihnen zwei Sätze zu verzeihen, stimmt's?"
Wissen, dass Julia es weiß, ist ein schönes Gefühl. Dass sie jetzt alles weiß, lässt mich wieder schluchzen. Zwei Jahre und unzählige Versuche, nicht mehr daran zu denken. Eltern, die in ihrer Wohnung sitzen und Tage zählen, bis ein Kind kein Esel mehr ist.
„Nicht deine Eltern wollten dich nicht mehr sehen, sondern du bist vor ihnen davongelaufen."
Für meine Eltern war normal, dass einem Lehrer Fehler unterlaufen konnten, dass er tat, was Opfer nicht tun wollten. Nicht normal war, dass man eine liebte, die ihrer Meinung nach eine Frau zu viel und kein Mann war. Worte, die mich riefen wegzugehen, um nicht mehr zu ertragen, was mir vorgeworfen wurde. Nichts war passiert, das meinten meine Eltern, aber es konnte Schlimmes passieren, wenn ich nicht vernünftig wurde und das tat, was sie mir beispielhaft vorführten.
„Ich konnte einfach nicht mehr bei ihnen bleiben, wenn ihre Meinungen so verkehrt waren. Sie warfen mir vor, etwas zu tun, was nicht richtig war, aber entschuldigten das Verhalten eines Mannes, der sicher nichts Richtiges tat."
„Kannst du ihnen nicht jetzt verzeihen? In den zwei Jahren hat sich sicher viel verändert."
Verzeihen kann sich nur langsam über ein gerodetes Tal senken.
„Das braucht noch ein bisschen Zeit."
Ich werfe einen Blick zur Uhr und stelle fest, dass schon viel Zeit vergangen ist.

26

Dann hört man es im Radio und auch im Fernsehen wird kurz darüber berichtet. Ich drehe lauter. Stand eigentlich gerade in der Küche, um Julia beim Kochen zu helfen. Da wand sich etwas durch den Raum und in mein Ohr hinein, was mich lauschen ließ und kurz erstarren, bevor ich ins Wohnzimmer lief und lauter drehte. Nun sitze ich vor dem Fernseher und höre die kurze Meldung. Keine Bilder gibt es, doch schlimm genug, um mich nicht loszulassen. Bilder habe ich dazu genug, schon im Vorratspack gekauft, damit die Packung nie leer ist, wenn man sie braucht. Die Worte hallen noch in meinem Ohr, als längst schon andere gesagt wurden. Wie unvorstellbar und doch real es sein muss, um in den Medien gesendet zu werden.
Julia findet mich auf ihrer Couch. Sie setzt sich neben mich, schaut mich an, fragt mich: „Was ist denn los?"
Ich überlege kurz, wie kann ich das, was ich gehört habe, sagen? Weiß nur noch, dass es mich betraf und mich sehr betroffen machte, indem vieles von dem gesagt wurde, was ich mir oft zu sagen gewünscht habe.
„Einer ist verhaftet worden."
Das war nicht alles, was mich hier fesselte und festhielt, mir den Mund zudrückte und mich nichts sagen ließ. Nur ein kleiner Teil des eigentlichen Ereignisses, das mir so bekannt vorgekommen war, weil ich es selbst erlebt hatte. Nicht genauso, aber doch so, dass mein Erlebnis statt diesem gesendet werden könnte.
„Ein Lehrer, der eine Minderjährige vergewaltigt hat."
Das sagen sie zumindest. Vergewaltigt heißt, dass etwas passiert ist und nicht, dass eine Schülerin zu dumm war, um sich gegen ihren Lehrer zu wehren. Und minderjährig, das musste sie sein, um die Polizei soweit zu bringen, jemanden

zu verhaften. Der nicht mehr frei sein soll, weil seine Freiheit die Freiheit anderer gefährdet.
„Wo war das?“
„Das haben sie nicht gesagt. Irgendwo in Österreich.“
Eine Schule in Österreich, wo ein Lehrer eine Minderjährige vergewaltigt hat.
„Es könnte überall gewesen sein.“
„Es könnte aber auch dein Lehrer gewesen sein, der es schon wieder getan und dieses Mal auch geschafft hat.“
„Es kann aber auch ein anderer gewesen sein.“
„Egal, ob der oder ein anderer, es ist in jedem Fall gleich schlimm.“
„Wie gut, dass endlich etwas dagegen unternommen wird.“
Den ganzen Abend kann ich nur daran denken, was ich gehört habe. Es wird immer wieder in den Nachrichten gesendet. Lehrer vergewaltigt minderjährige Schülerin. Ob es dein Lehrer war? Das wird man nicht genau erfahren, denn das Verfahren bleibt geheim und in den Zeitungen stehen keine Namen. Dafür hat er gesorgt. Hat viel gezahlt, um seinen Ruf nicht in ganz Österreich zu ruinieren. Als Lehrer arbeiten darf er nie wieder, wenn er freigelassen wird. Noch ist nicht entschieden, wie seine Strafe ausfällt und ob er ins Gefängnis kommt.
Tagelang verfolge ich die Berichterstattung in den Medien, will alles sehen oder lesen oder hören, was mir mehr darüber sagt. Ein kleiner Hinweis nur und ich wüsste, ob es sich dabei um diesen Mann handeln kann, gegen den ich nichts unternehmen konnte, weil ich keinen Mut dazu aufbrachte.
Das weiß ich nun. Ich hätte versuchen können, anderen Lehrern davon zu erzählen, sie so lang zu quälen, bis sie der Sache auf den Grund gingen.
Nicht einmal jetzt kann ich etwas tun, will in Ruhe gelassen werden von alten Ereignissen, will, dass alte Probleme sich von selbst lösen wie Knoten, die nicht fest genug sind.

Riva scheucht Tauben auf, als sie auf die Vögel zustürmt. Lässt Tauben fliegen. Sie fliegen erschrocken hoch, gurren,

schlagen mit ihren Flügeln. Sie fliegen mir entgegen, fast berühren sie meine Schulter, aber weichen im letzten Moment aus. Ich gehe mit Riva im Votivpark spazieren. Sie muss an der Leine neben mir gehen, darf keine Ausflüge unternehmen, weil hier zu viele Leute sind. Wir gehen immer weiter, bis wir an der Uni vorbei sind und zum Donaukanal kommen. Hier ist die heiße Luft nicht mehr so drückend.
Riva darf hier auch frei herumlaufen, läuft den Hang zum Kanal runter, schnuppert an Gräsern, Sträuchern und an anderen Leuten, die sie vertreiben oder streicheln. Ins Wasser soll sie nicht springen. Das macht sie auch nicht. Der Weg von dem gemauerten Rand ins Wasser ist zu weit, als dass sie ihn hinauf schaffen könnte.
Dann läuft sie vor mir, ein Stück nach vorne und wieder zurück, wird nicht müde, alles genau und noch genauer zu erkunden, zu erschnuppern und zu entdecken, wo schon vor ihr Hunde waren. Ein kleiner Hund mit einem struppigen Fell ist anscheinend herrenlos. Er streunt herum und folgt Riva dicht gedrängt, die ihn nicht loswird.
Der Sommer liegt vor uns, das weiß ich, weiß auch, dass der Sommer viele Möglichkeiten bietet, wieder mit dem Zeichnen anzufangen. Ich wünsche mir, ich hätte nie damit aufgehört. Die Freiheit dieser Arbeit früher war alles, was ich mir wünschte. Noch heute schwärme ich davon, kann Mut erkennen und eine Initiative, die mir heute fremd ist. Doch war sie früher meine und hat mich dazu veranlasst, das zu tun, was ich mir vornahm.
Jetzt bin ich viel zu lahm, um etwas wieder aus dem Sumpf zu ziehen, wo es hineingerutscht ist. Doch muss es raus, um dort nicht zu Kohle zu werden, die nur verbrennen, aber nichts Neues produzieren kann.
Will nicht, dass es verbrennt, will an heißen Abenden ein weißes Blatt vor mir haben, auf das ich schwarze Striche zeichne, die irgendwann zu etwas werden, das man erkennen kann.

Wie weit entfernt sind Tage, an deren Ende Abende kamen, die nicht wie heute sind. Drei Sommer lang. Der vierte wartet, um erlebt zu werden. Hat sich zwar hinten angestellt, doch jetzt steht er ganz vorne. Ich weiß, es könnte ein Sommer werden wie die drei anderen.

„Es muss auch nicht dort sein, wo du früher immer warst“, sagt Julia, als ich ihr davon erzähle, dass ich wieder Portraits zeichnen will.
„Gehst du mit?“
Die Frage ist mir wichtig. Will nicht gehen, ohne dass jemand neben mir geht, versteht, was ich sage, bei mir ist und mir hilft, wenn etwas nicht allein zu tragen ist, mich anschaut und mir Blicke zuwirft, die Wellen in mir schlagen lassen.
„Ich will doch auch ins Ausland.“
Sie will nicht hier in Österreich bleiben. Der alte Trott und Staub, den sie schon zu oft eingeatmet hat, will erneuert werden.
Dann küss ich sie, umarme sie, drück sie so fest an mich, wie sie das machen soll, wenn wir die Stadt nur noch im Rücken spüren.
„Wann?“
Sie will einen Tag wissen, will wissen, wann wir die Stadt verlassen.
„Warten wir noch ein paar Monate.“
Noch müssen sich Gedanken beruhigen. Ein klarer Kopf kann nicht schaden, wenn man durch Nebelschwaden hindurchschauen soll. Ein Fernrohr, das bis in die Zukunft blickt, das gibt es nicht.
Kann Vögel fliegen sehen, doch sagt dies nichts darüber aus, was später noch passieren wird. Wie tief sie fliegen, sagt nur, ab welcher Höhe sie sich vor Riva in Sicherheit wiegen.
„Warten wir bis zu den Sommerferien.“
„Wohin?“

Es gibt zu viele Möglichkeiten, um sich für eine zu entscheiden. Mit Sicherheit ist es keine, die einen Ort beinhaltet, an dem ich früher schon war.
Will neue Städte atmen sehen, will zeichnen, was ich davor noch nicht gesehen habe.
„Es müssen nicht nur Portraits sein."
Plötzlich weiß ich das.

27

Irgendwann steht ein Name in der Zeitung, der nicht der Name ist, den ich erwartet habe.
„Er ist es nicht."
Draußen scheint die Sonne, doch hinter mir liegt Regen. Der alles nass gemacht hat und auch jetzt noch Feuchtigkeit verteilt. An alle, die sie haben wollen. Ich wollt sie nie, doch hab ich sie bekommen, ohne sie genommen zu haben, wurde sie mir zugeteilt. Ich bin enttäuscht. Er sollte dafür bestraft werden, zurückgehalten, abgehalten davon, was er tut. Doch niemand kümmert sich darum und der, der bestraft wird, ist ein anderer. Wer er ist, weiß ich nicht. Ich kenne nur seinen Namen, doch ein Name sagt nichts aus über die Person, zu der er gehört.
„Steht sein Name in der Zeitung?"
Julia sitzt am Computer, bearbeitet Bilder für die Uni.
„Es ist ein anderer Name."
„Aber es könnte seiner sein."
Es könnte seiner sein, doch ist es ein anderer, irgendeiner.
„Wie viele Leute gibt es, die so etwas tun?", fragt Julia.
Sie fragt dies in eine Stille hinein, die nicht bereit ist zu antworten. Doch viele sind es, das wissen wir.
„Er ist zu einer Gefängnisstrafe verurteilt worden. Es haben sich noch andere Mädchen gemeldet."
Das ist ein Fortschritt. Ich weiß es, gleichzeitig bin ich nicht zufrieden, weil ich nichts gegen ihn unternommen habe. Nichts gesagt und mir nur selbst Vorwürfe gemacht habe. Es gibt eine Selbsthilfegruppe, über die in der Zeitung informiert wird. Doch werde ich dort nicht hingehen.
„Ich hätte auch zur Polizei gehen sollen."
Phantasien über Gespräche mit Polizisten, Aussagen, die überprüft werden und andere Aussagen zur Folge haben.
„Es hätten sich auch andere Mädchen melden können."
„Das kannst du immer noch machen."

Wie viele Tage noch wird mich Altes verfolgen und Neues verhindern? Ich habe es satt, bin vollgefressen mit den immer gleichen Gedanken. Die sollen fortgehen, mich alleine lassen und dorthin zurückkehren, wo sie hergekommen sind. Ich kann noch immer etwas gegen ihn unternehmen. Kann Briefe schreiben, die er lesen wird oder seine Frau. Kann Sachen schreiben, die er ihr nicht erzählt hat. Kann von Sachen schreiben, die dort passiert sind, wo mich seine Frau nicht vermutet hat. Denn ich war dort, wo ich nicht sein wollte und bin mitgefahren. Ein Fehler war es, den ich nicht rückgängig machen kann. Zeit bewegt sich nur in eine Richtung.

„Seine Frau ist auch Lehrerin an derselben Schule."

Kollegen, die nicht über allzu Privates miteinander reden. Sie müssen nicht erfahren, was sie in ihrer Freizeit machen. Jeder hat seine kleinen Geheimnisse, doch sind die des einen größer als die ihren. Sicher weiß sie nicht, wohin sein Auto in manchen Nächten unterwegs ist. Sieht nicht, was in Hütten passiert, während sie vor dem Fernseher sitzt und wartet, dass der Mann von einem Abend mit Freunden heimkehrt. Die Freunde können jünger sein oder auch Frauen, sehr genau hat er das noch nie genommen.

„Wie kann die immer noch mit ihm zusammenleben?"

Mir kam es immer so vor, als würden sie sich gut verstehen und das Alter miteinander hinnehmen. Doch dann stand fest, dass er sich wehrte und bemühte, für Momente wieder jung zu sein. Ob dies erlaubt war, schien ihn nicht zu kümmern. Noch ist es nicht zu spät, um Briefumschläge mit seiner Adresse zu versehen, zum Briefkasten zu gehen und sie darin verschwinden zu lassen. Wo sie auftauchen werden, dort sind sie nicht erwünscht, doch kann er sich nicht dagegen wehren. Es könnten viele kommen, es könnte etwas unternommen werden. Dass trotzdem von mir nichts unternommen wird, hat nichts damit zu tun, dass ich schon vergessen habe.

Es braucht Zeit, um Mut zu finden. Der muss gesucht werden. Auf der Suche bin ich schon.

28

Riva ist tot. Das brülle ich in die Nacht hinaus. So laut und doch vergeblich. Hier steh ich still und halte, was es noch zu halten gibt. Ein Hundekopf auf meinem Knie, ein toter Hund am Straßenrand. Riva ist tot. Ein rotes Bächlein breitet sich auf meiner Hose aus und sucht einen Weg zum Boden. Was macht es dort? Der Fleck wird größer und durchtränkt den ganzen Stoff bis hin zu meiner Haut. Die Feuchtigkeit des Blutes lässt mich an meine Tränen denken, die in meinem Inneren vergraben sind und nicht nach außen können. Ist gut, bleibt drinnen, denke ich. Sinnlos wäre es zu weinen. Die dunkeln Augen meiner Hündin starren in die Ferne. Wo starrst du hin? Will ich fragen. Will dem Blick folgen, doch scheint er nirgendwo zu enden. Ein schwarzer Schleier senkt sich auf mich und das Tier hinab und lässt es schlafen, während in mir etwas Wurzeln schlägt.
Es ist so etwas wie Hass, das in meinem Magen ein Nährstoffzentrum für ein erfolgreiches Wachstum findet und sofort die ersten Triebe zeigt. Es wächst und wächst, wird größer, schwerer, deutlicher. Zeigt nicht nur Umrisse, zeigt schon Formen und Gestalt der Wut, die doch verwandt mit dem Hass ist. Der schlingt sich unaufhörlich weiter rauf zu meinem Kopf und drängt nach Ausgang, der ihm kurz darauf gewährt wird. Nun packt er mich und würgt mich, bis ich nur nach Atem ringen kann. Er schreit mich an, dass Riva tot ist, ich schrei zurück, dass ich nichts dafür kann.
Der Hass auf mich ist groß, doch der auf den Autofahrer ist größer. Nur bin ich hier und er sitzt in seinem Ledersitz auf einer Reise, die schon ein Leben gekostet hat. Sie trägt ihn weiter fort von diesem Ort des Elends hier, denn Elend kann es nur sein, wenn meine Hündin in meinem Schoß verblutet. Das Jaulen schrill in meinem Ohr. Mir fehlt die Kraft, um mit der Wut zu kämpfen, so übernimmt die Trauer diese Aufgabe und siegt mit allerletztem Willen. Reißt

mich zu Boden, der nicht so leer ist, wie er sollte. Dort liegt ja meine Hündin, von einem Auto hingeworfen und blickt noch immer nur geradeaus. Und ich – ich schau dem Auto nach, das längst verschwunden ist.
Nur eine Kurve und schon war es weg, obwohl es meine Hündin mitgenommen hatte. Zumindest weg von mir, denn tote Hunde bellen nicht. Genauso sinnlos ist es, Riva jetzt zu streicheln, kein Hecheln, nicht einmal ein Blick aus ihren Augen. Denn Blicke schauen etwas an, doch dieser Hund, der nicht mehr schauen kann, liegt umgeworfen hier vor mir. Gestoßen, überfahren, weggeworfen, hingeschmissen. Soll den Autofahrer beißen und sich für seine Rücksichtslosigkeit rächen. Doch kann sie alles das nicht, jetzt, wo sie hier liegt. Kann nicht mit ihrer Schnauze gegen mein Bein stoßen, um meine Aufmerksamkeit auf sich zu ziehen. Die hat sie längst, die Aufmerksamkeit, doch ändert diese nichts an blutigen Unfällen. Sehr schwach bin ich, kann nichts dagegen tun, dass Tränen nun das Blut aufweichen, das auf meiner Hose schon getrocknet ist. Hier liegt sie, meine Hündin und ist so hilflos, dass jede Hilfe zu spät käme.

„Riva ist weg“, schreie ich Julia entgegen, als sie die Wohnung betritt. Ich liege stundenlang in ihren Armen und weine und schluchze, weil Riva tot ist. Sie streichelt meinen Kopf, beruhigt mich, bis meine Brust vom Weinen schmerzt und meine Augen sie ganz rot anschauen. Ich habe keine Kraft mehr zum Weinen, liege nur mehr zitternd und verzweifelt an sie gepresst.
„Es tut mir so leid“, sagt Julia.
Dann bin ich ganz still. Noch lauter muss es nicht sein als das schrille Jaulen eines Hundes, der überfahren wird. Sehe immer und immer wieder die schrecklichen Bilder vor Augen, wie meine Hündin niedergeschleudert wird. Ich weiß, dass es nichts ändern würde, wenn der Autofahrer stehen geblieben wäre, doch wünsche ich, er hätte es getan. Dann wüsste ich jetzt, wer meine Hündin ermordet hat. Denn Mord ist es, wenn Autoreifen Gewalt anwenden und

etwas töten, das ihnen im Weg steht. Warum der Weg des Autofahrers das Leben von Riva beenden musste, während er seine Fahrt ungebremst fortsetzte, liegt außerhalb des Begreifbaren.

„Warum musste sie von einem Auto überfahren werden?"

Auch das noch. Wenn Hunde weg sind, kommen sie nicht wieder. Sie werden vermisst und fehlen. Ich sage das nur, um meine Gedanken abzurunden. Dass sie gerade in diesem Moment auf die Straße laufen muss, wo ein unachtsamer Autofahrer viel zu schnell angerast kommt. Es war Zufall, es hätte nicht passieren müssen. Doch das ändert nichts daran, dass Riva tot ist. Ich denke an die vielen Stunden, die wir gemeinsam im Freien verbracht haben. Wie fröhlich sie geworden war, nachdem ich sie aus dem Tierheim geholt hatte. Wie sich langsam ein Vertrauen zwischen uns aufbaute, das ihr ihre früheren Besitzer genommen hatten. Zuerst geschlagen worden, bis ihr Fell kahle Stellen aufwies und ihr Ohr eingerissen war und dann liegt sie am Straßenrand.

„Ich verstehe nicht, wieso das passieren musste."

„So etwas kann man nicht verstehen."

„Der Autofahrer sollte dafür bestraft werden."

Doch der ist weg und kommt nicht wieder.

29

Kannst du dir vorstellen, morgen schon in einer anderen Stadt zu sein?“
Julia kann es sich vorstellen. Sie wollte schon immer ins Ausland. Spanien, Irland, Holland. So viele Orte auf einer Landkarte, wo unsere Finger liegen bleiben können und uns die Reise hinführen. Ich will weg von hier. Will weg aus dieser Stadt, die meine Hündin auf dem Gewissen hat.
Kann jetzt eine Reise begonnen werden, deren Ziel noch ungewiss ist? Wird sie mich begleiten? Denn ohne sie werd ich nicht gehen, würd stehen bleiben und mich vielleicht nie mehr wegbewegen.
Aber Julia will auch weg. Nichts ist hier, was ich zurücklassen könnte.
Eine Kündigung für die Wohnung ist schnell geschrieben. Mein Zimmer bleibt hier und wird von neuen Leuten bewohnt.
Am Morgen packe ich meinen Zeichenblock, einen Stift und ein kleines bisschen Mut in einen Rucksack und setze mich hinter Julia aufs Motorrad. Das trägt uns sehr weit fort für eine lange Zeit, weil hier nichts mehr ist, was uns hält.
„Wirst du von dort aus deine Eltern anrufen und ihnen sagen, wo du bist?“
Ich denke, Zeit kann große Schritte tun und viele Schritte sind getan. Ich werde meine Eltern anrufen, sobald wir angekommen sind. Wo auch immer.
„Schau!“
Julia zeigt auf die Ebene, die von einem Hügel beendet wird. Uns scheint Sonne ins Gesicht. Als wir auf dem Gipfel angekommen sind, breitet sich ein neues Sichtfeld aus. Vor uns liegt unbebautes Land. Genug Platz, um neue Träume aufzubauen und zu schauen, ob die richtigen dabei sind.